任你行

林夕

enlighten & fish 亮光文化

林夕心簡 13 任你行

新版詩序——問號很煩？

沒有被選上？
誰在選？
倒不如自己先選：
在哪裡、哪些人。

問號很煩？
沒有屬於自己的問題
所有答案都是他人餵養的
句點。
停了。沒了。

是否是非題只是考驗你是非？
活在非是即非的世界，
如果是非題答案被指定，
那就是一個選擇題：
求生、或是找死。

如果沒事先問過你，
所謂選擇題都是陷阱，
離不開甲乙丙丁、
逃不出ABCD、
最錯不錯沒錯——
最壞次壞好次好還好——
如果沒對上自己的對呢？

如果最好不是心頭好，
倒不如最壞更好，
起碼也知錯了。

出題目的人早擬好了你
可以回答的。
列出可選擇的人，
就像猜你喜歡……
他們認定你一直只喜歡一種一色一樣。

反問比問題更重要。
選擇必然有限，
未必為你而設，

所以
要創造選擇。
沒選上甲乙丙丁之前，
先尋找其餘的戊己庚辛。
自由在於由你決定、
自在在於填上其他。

不被任何人需要？
什麼人？需要你做什麼？
那就找自己所需要的
什麼。

原版序——從何時你也學會不怕離群

任你行，你又能行到哪裡去？

其實，更應該問的是：有沒有想過，任你行，你又想行到哪裡去？抑或，還沒有塗鴉出一張理想行程表之前，不問想不想，只擔心行不行？

人，都是赤條條無牽掛來到這世界的，那時候沒任何負擔，唯一行李就是你自己，在地上想爬到哪裡也無所謂，不曉得碰到什麼會有危險。然後，一路磕磕碰碰走下去，行李越來越多，未至於步履蹣跚，也已經顧不上路還可以怎麼走這個大題目了。

行李，都是些什麼？大人導師智者提供的明燈、許多真心珍惜的關係、身邊人知心人對你的期望。如果你是隻任意滾到哪裡就是哪裡的蛋，這些高牆，比專制者更難以跨越；也談不上反抗，因為，都是出於愛。

那堵牆，沒有石頭，都是人心，肉造的。你怎麼忍心讓關心你的人擔心失望，堅決離開這安全舒服的溫泉，非要到外面獨自淋雨不可？還沒有吃大虧之前，就已學乖了。看，牆外不外乎是另一堵牆，沒有人要堵住你，也不見得會選擇冒險上無人的空山。

大人幫你選擇學區，不久，你選擇學科、選擇職業、選擇朋友、選擇戀人，選擇結合或是分手、選擇結婚後生不生小孩，幾時生、選擇租房還是買房、選擇買哪裡可以增值、選擇住所的學區。然後，你也成了過來人，好向後來者提供人生理想路線圖了。

是啊，好多東西任你選，正如選哪一款手機，就是不能選擇沒有手機的日子；本來你用不上那麼高智慧的，但不由你不選。你可以選擇採用哪個通訊軟體，但不能投棄權票，否則會斷六親，被迫遷到獨家村終老的。

這是現實逼人逼得沒那麼殘酷的一面，而且，你可能還很樂意跟這個大隊，如此無傷大雅的妥協。若覺得有點委屈，那麼，買一部限量版，與眾不同，以驕同儕，這也算是特立獨行了。

天地是個無邊的牢籠，走來走去，選這選那，到頭來也走不出已有的框架。今天暫且放下大是大非，講我們個人無所謂對錯的小確幸微幸福。人，會影響人，大至信念精神，小到想要去哪裡旅行。

你很想去看北極光？好，一個人靜靜觀看極光，無須耳邊傳來一句好美啊助興；好比獨自看電影，避開了同伴即場的影評，模糊了你的觀感——感受需要孤獨的自由，才有屬於自己的感受。可惜北極太冷，沒有隊友照應，萬一冷倒了，就只剩孤獨，躺床上失去隨意走動的自由。

跟大隊去東京購物，大家有商有量，有講有笑，多熱鬧多省事多安全，初衷就是這樣給遺忘的。沒關係，所有親厚關係最會俘虜人，可是，都是你捨不得擺脫的綁匪，綁匪也被人情世故捆綁著，互相綁架、相互取暖。

於是，成為羊群一分子，好像才是順乎自然的王道。真的，無論是獨行俠抑或跟大隊，無所謂可憐可敬可惜可畏可恨可愛，只有各人各自的選擇。選擇別人代你選擇，不介意他人影響你的選擇，也是一種選擇。

我常常自封獨家村，最獨之處，也不外乎是——不刻意做任何討人歡喜的事，不會勉強自己維繫一些關係而已。我嚮往孤獨，因此自由，有時自由得有點累，巴不得有人代我出主意。

任你行，你行不行？不行的話，要找人同行，行不行？既然說任你，當然不可能有標準答案，打死我也不會讓你知道我行不行。

目次

01 世上有多少個繽紛樂園 任你行

02

從何時發覺沒有同伴不行

03

曾迷途
才怕追不上滿街趕路人

04

從何時
怕遙望星塵

05

等遍所有綠燈
還是令自己瘋一下要緊

06

為何在雨傘外獨行

世上有
多少個
繽紛樂園
任你行

半杯水理論

活著活著，才知道求的不是滿，而是空。

樂觀正向積極的人，看見半杯水，會覺得水有半滿；悲觀負面消極的人，會看見杯有半空，水只得半滿。

以上勸世比喻，聽得耳朵都起繭了，卻別以為這些安慰人心的段子，知道了瞭解了但只能打一時之氣。有朋友的朋友的親戚，真的就因為這說法，就治好了失戀症。

半杯水理論便能變成治病靈藥，證明病患病得不深，比較容易打發；或者那人本來就真的樂觀正向積極，見著合心意的說法，舌頭先已得到滋潤，喝茶喝咖啡去了。

什麼叫樂觀正向積極？大概就是用感恩的心，感激水還有半滿，這叫正向、樂觀積極，就是雖然目前水只得半滿，凡事向好看，凡事抱希望，杯終究是會滿的。好比國人舊時米缸，不管空不空，總愛貼著紅紙寫上「滿」，求的就是常滿，最良好的意願，離不開滿。

治癒那失戀症病患者的，不是讓他接受了空空一人的生活狀態，而是鼓勵半滿也比全空好的心態，最後許他一個半滿變全滿的諾言，為全滿常滿而努力。加油！舊人不去新人不來，半空的杯子正為迎接新人進來。

萬一新人硬是沒來，又如果苦主已年過耳順，還堅執於新舊，喝水過於猴急，早晚會給水噎死。

這不是萬全之策，天不下雨、娘沒嫁人，誰也沒法，水若真的永遠半滿，你委曲求全般喝著，依然在渴求當中，你以為是過渡，卻可能一直就這樣度過了，心還是不甘的。

半杯水好，好在不容易給滿溢的水弄濕了衣服，像身處經常顛簸的機艙，水只有七成滿。半杯水好，好在想換口味時，一口喝光就能輕身上路，乾脆俐落。半杯水好，好在好比人的胃口，不是你想吃就能吃；美食醜了，往往只因腹部脹滿，而空肚時吃什麼都好吃。

樂觀正向積極派一味追求滿，樂於看見半滿的杯，而逃避那空的部分，只渴望滿，而不滿意空。這與一向只知進，不知退，只講求加法，不研究減法，是同一個路數；半空的杯，半空的心，只有空了才容得下福氣云云。最終也離不開把空間填滿的念頭，是為加而減，不是為減而減；為進而退，不是安於退。如果空下來之後，容納的不是福氣，而是晦氣，怎麼辦？竟不知空著本身已是福氣。

說了半天，空泛得很，來點實在的。當你看看自己日程表，排得滿滿，表示你夠忙，同時你也沒那麼輕易把身翻過來，享受空閒。享受空閒，也不表示一得了空，就用另外的東西把時間填滿。

活著活著，才知道求的不是滿，而是空。

淡定帝

〰 淡與定，是雙軌並行，缺一不可。

最敬佩的人，淡定帝。無論大事小事，已發生的會發生的，有經歷過沒經歷過的，有招無招去應對的，都不動如山。泰山崩於前當然色不變，因為淡定帝也是一座山。

在這越發不由你不浮躁的世界，淡定不只是反應，更是日常最方便的修行課，難怪說，道就在生活中。

淡與定，是雙軌並行，缺一不可。淡淡然與周遭保持距離，如果見鬼，淡漠地打個招呼：您好，請問貴幹？鎮定得彷彿靈魂與肉身分裂，如果那鬼裝腔作勢，當場表白：我連生都不怕，我怕死？怕您？

然而酷到這地步，與鬼魅理論起來，又似枯木死灰，淡無人味。而且，事情可怕到一個地步，再也沒有浮躁的機會，像泰山不崩也崩下來，已經是這樣了，還能怎樣了？人在那一刻會有意想不到的鎮定力，有時只是反應不過來，只能坐觀其變，用觀賞的角度靜看命運光臨。這種鈍感力作不得準，一堆瑣碎煩心事，比見鬼還煩，你不怕鬼，卻給停電嚇怕了，搞得很不淡定，不要覺得丟臉。

多年前一個颱大颱風的雨夜，重看一部超級恐怖電影看到最恐怖一幕時，雷忽然響了，電忽然停了，我一個人陷在比現在時局還要黑的房間裡，淡淡然地想，這是巧合呢還是有東西作祟呢？我在漆黑中靜坐了一會兒，鎮定地等待著什麼要來，最後見沒動靜，才動起來開燈，摸黑到電表房檢查。

同樣一個風雨晚上，陰天霹靂下起了冰雹，我在電腦面前工作，忽然萬暗中只餘吊燈有光華射，插電的都沒有了電，我像多年前到電表房查找不足，見鬼了，電表跳了彈不回去，電腦缺電了，我在趕的工，要暫時停工了。

怎麼辦？我不再淡定，只有祭起淡定的最高法門，罷了，也沒什麼大不了。把事情作好最壞打算，最壞也不過用筆電僅有的電力去完成工作，連wifi也沒了？大不了轉為手寫，然後用手機拍出去。手機竟然又剛好沒電了，不能如期交差，大不了被責怪不負責任，不被原諒，最壞情況，失去了信用，不再被僱用，應該不能更壞了。然而這壞也壞得心安理得，不如早點睡得死死的，沒什麼好浮躁。

只要淡薄一切，自然抵定一切。

臨睡著前，想到眼前不能不悲觀的前景，忽然很淡定，都已經這樣了，如果連悲觀都懼怕承認，還說什麼免於恐懼的自由。鬼魅來了，就對牠們說，連生都不怕，何必怕死？只有不怕死，才不一定會死，淡定。

都是太習慣的緣故

——習慣就好，一多出個太字，太傷人了。

習慣了上一代的拼音輸入法，太習慣了，那速度，常常想找個人來讓我炫耀一下。好了，老舊的電腦死了，換上新一代的，連輸入法在內，僅僅是幾個鍵盤操作的先後次序，就讓打字的速度慢了幾倍，從前像漫天花雨撒金錢，現在像在紅綠豆中撿紅豆。如果當初的輸入法沒那麼純熟，就沒有今日的麻煩。

習慣了用電腦寫，太習慣了，幾乎成為一個寫作必然的程式之一，幾乎覺得在螢幕上閃出來的字，寫得特別好。一旦回到二十多年前，在原稿紙上手寫得日子，修正麻煩還不是最大問題，奇詭的是覺得，自己手寫出來的，都只是初稿，還有好多紕漏，總是未完成，待改，心裡不踏實。

心裡踏不踏實，原來就建築於習慣，以至太習慣，在安全感有著惘惘的不安全感，人真是矛盾的物種。

習慣了那些好人好到盡，壞人壞到底的虛構故事，從電視劇電影小說看到的，習慣好人總有好報，壞人來得及有惡報。太習慣了，以致動不動憤恨，誰誰誰怎麼還沒死掉；以致一看人，就簡單的問一個不符合自己實際年齡的問題：他是好人還是壞人？太習慣了。

習慣了讀那些用花花草草、星星月亮做道具的詩詞歌賦，美啊，太習慣了，一旦面對現實，或者面對現在的作品，沒有花落風吹草動大江流，都醜啊，都不是美文啊；不是美文，一代不如一代啊。

最糟糕習慣了被那句獨自莫憑欄，太習慣了，於是自覺一個人憑欄想事情看風景，都要加一句內心獨白，但願你也在這裡，諸如此類。可人家李後主慣了左擁右抱，三妻無限妾，你是誰？於是就忘了一個人憑憑欄，沒人打擾也有好處，來個語言無味又嘴碎的在旁，好比在戲院有人吃東西吱吱有聲。

習慣了與一個人相處，每天總有幾通電話，幾個訊息，幾幅自拍，總以某個姿態給你抱一個吻一個。之前，總有一兩句念白，總用某種熟悉的語氣跟你聊天，太習慣了；一旦他變了，變了個方式，就懷疑這還是不是你要的幸福之類。基本上，習慣讓人失去接受改變的能力，最可怕是戀愛成習慣，習慣成自然，把前任的那套也帶到新人新天地，自然又要懷疑這是不是我要愛的人。

習慣會變成依賴，依賴讓自己變成無賴，特別是在愛情的世界。

習慣會帶來經驗，經驗讓人自信，太自信會帶來自大。經驗會淪為障礙，磨損了銳氣，折損了膽氣，喪失了該有的勇氣。

習慣會讓許多過程變成儀式，忘了做這些事情的初衷。

習慣會化為麻木，麻痹了敏銳的神經，本來的享受，在還沒老去的皮膚上結起了一層繭。

習慣讓一切變得理所當然，當然忘記了感恩。

所謂人生八苦，生老病死愛別離求不得怨憎會貪嗔癡，本來可能沒那麼苦，都是太多事情太習慣的緣故。

習慣就好，一多出個太字，太傷人了。

三甲五強十大最快樂

〰 來自歲月靜好那種，沒什麼事發生就是好事，那又如何細數出一百大二十大？

甲某忽然跟我說，直到今天，有三段日子是最快樂難忘的，每個最瑣碎的細節都記得清清楚楚。第一……第二……

當他把這三甲細說從頭，還沒數到第三時，茫茫中我便覺得那段日子已成過去式，雖然他的語氣平和，有點像複述小說虛構的情節。

人若活在快樂的日子裡，一般都忘了計較分辨快不快樂，都沒有興致閒情與別人詳述，都忙著樂在其中，更別說把這日子列為有生以來三甲四大十強了——頒獎禮不是年終總結的活動嗎？

何況，快樂，還會意識到難忘，一件事難不難忘，除非那是樂極到自覺幸運不可再的瞬間；否則，一般需要過後驗證才作得準。有些樂事，過去了就是拚命回想，也提不起勁來。而樂極一刻，居然沒有忘形，已分神想到日後會很難忘記，大概是種不祥預兆，此情此景勢不可持久，或是戲劇化得不可能重複。

美好歲月，總是回不去的，因為，能重複的，我們不稀罕，而將來的日子，再幸運也只能以別的美好出現。那種現階段沒有感覺的快樂，看去還是一片虛無。

所以，是的，只有過去了，才會盤點計算那些美好的日子，一二三的排列出來。甲某回顧難忘經歷，自然也不必以哭喪姿態進行。我們都知道，如果成千上萬天的日子過去了，全攤開來認屍般鑑辨，能隨手就撿起兩三段值得一提、有事可提的，實在比一片模糊、像在無色無臭的廢物中，沒有揀得上手的好。

我問甲某，都老大不小，十幾萬天裡面，只得三段堪稱快樂的，是你要求太高，還是美好日子太少？

甲某說，他只是說最，最好的；其他，尚好、還好、沒有什麼不好，就不必多講。能這樣明顯得出三甲，可見那些沒有白活過那些年月，才那麼快那麼輕易就把記憶抽出來。

我問，三甲夠嗎？如果記憶之中有十強二十大，甚至一百段最快樂，不是更豐富充實嗎？

甲某說，各有所好。如果真有一百段美好難忘時光，這個人不是命太好，就是很容易滿足，什麼都覺得美好，但這當中有個矛盾，滿足人的快樂，來自歲月靜好那種，沒什麼事發生就是好事，那又如何細數出一百大二十大？而且，十大一百大，就像狂頒濫派獎項的頒獎禮，不但觀眾看得麻木，領獎的也沒意思；又似戀人，個個都愛，即是每一個都不夠愛。

我從沒見過一個那樣迷戀比較的人，連日子快與不快，都要套用刺激觀眾嗜血那種遊戲機制。那麼輕快就定出三甲，又只得三甲；不只是夠不夠的問題，而是，定好了金銀銅之後，比較平凡的銅鐵錫造的日子，莫非都要因為過了等如沒過而難過？

話雖如此，這遊戲確實誘人，我也禁不住拿起了一把尺，若是三甲如何，五大十大二十大又如何。若只得一段最快樂，該為有過這樣特別突出的日子慶幸，還是可惜。一將功成萬骨枯，把最快樂建立在好像白活的日子之上，又划不划算？

親愛的朋友，你又在煩惱些什麼呢？

如果小確幸可以撐住支離破碎，為什麼小煩惱就不能作為煙幕，讓我們暫時看不見不會離我們太遠的大煩惱？

煩惱會解決煩惱？

信不信由你，我信。

如果小確幸可以撐住支離破碎，陰影步步壓在眼前生活，忘記該有的大幸福，為什麼小煩惱就不能作為煙幕，讓我們暫時看不見不會離我們太遠的大煩惱？

人無遠慮，必有近憂。別小看近憂，眼前這憂愁，或是愁地溝油、或是愁我愛的人不愛我，好容易就忘了遠慮；不記得憂慮未來柴米油鹽的著落，沒想到我愛的人很愛我，但愛巢無處可築。

煩惱也有分類，有等級，有低端的高級的。高級的像生死老病，這是解決低端短暫煩惱，保證有神效的良方，不用西醫寫醫生紙，無需中醫把脈。一想到人生除死無大事，人一病，就怕死，就什麼都豁得出去，胸襟忽然比宇宙還要寬廣；吃的不夠好，抽不到愛瘋六，都是小菜一碟。生老病死，人生這四苦，直接把其他求不得、怨憎會、愛別離諸如此類直接秒殺掉。

煩惱有浪漫傷人，俗稱悲而淒美，簡稱悲悽的；有瑣碎煩人，世俗俗到不可耐，恰如張愛玲名言：像爬在錦袍裡的跳蚤——小口小口咬你，你即使忽然灑脫，也不能揮一揮衣袖，就會揮走那纏人的雲彩，而且是揮變驟雨的烏雲，把人淋成一隻落湯雞。那是忘了轉帳的電費、送外賣搞錯了又要再等等等的折騰。你等一個很難等的人的電話，那煩惱固然是自找，卻是浪漫型的。等不到，你哭，有人為你願意義務做觀眾，送上安慰；等到了，之前的苦惱當場加倍奉還為興奮。

最重要此等自尋的煩惱，自然可以靠自己意志力自行放棄，如扔掉一件虛無的垃圾。生活卻真真實實有許多垃圾，你倒掉的時候，弄的一手污跡，得用肥皂清洗。牽過的手，給分了手，至少還能撫摸著，憐惜著，用眼淚洗一洗，你還想怎麼著。

煩惱無盡，但未必會累積。有些會自行消失，因為只是一時情緒作祟，事過何止境遷，連煩惱什麼都怕記不起來。如果是愛情科目，新的甜蜜未來的煩惱，會以意想不到的高效率送走舊煩惱，然後循環往復如是。

煩惱方程式：面對接受解決，暫時無解，與之共處，直至融入體內，消化成糞便，排除體外。人心體積有限，其實容不了那麼多煩惱，新的不來，舊的才不去。所謂念念不住，每見煩心事如過客，讓它寄居一下無妨，一無妨，它就住不下去了。

說到最後，還能為感情尋死覓活，仍有個人值得你煩，是何等奢侈。別以為如此猛烈火花，說有便有，那是由自律神經以及不隨意肌摩擦出來的。那只證明你日子過的很豐盛刺激，一點都不無聊。

百無聊賴最大的煩惱是，想到什麼永無解決偏方的問題，例如：生存的意義、生命終極的去處、天堂可以准許流淚嗎、地獄的火有幾高溫、宇宙中渺小的人算不算個鳥。

親愛的朋友，你又在煩惱些什麼呢？

如果能穿越回去的話

你想穿越回什麼時代，做些什麼，也是一個很準確的心理之個性測驗。

若是時光能倒流……

如果能夠回到那時，但願能從頭開始就無怨無悔了。

如果能夠回到什麼時候，就能怎樣怎樣，多好。

時光倒流要有多浪漫有多浪漫，後來流行叫穿越，比倒流貪心多了。

不但要時光倒流到自己活著的現實世界，還幻想著回到百年前千年前，可以怎麼活著，可以有什麼奇幻，可以怎樣去逆轉歷史，成為當時歷史的一部分。

因為貪，所以好玩，你想穿越回什麼時代，做些什麼，也是一個很準確的心理之個性測驗。

早幾年穿越劇流行，在一個講談會的問答時間中被問到想穿越到哪個朝代，時間關係，不假思索，就說宋朝。

為什麼是宋朝？因為可以跟許多詞人做朋友，又可以訪問到蘇東坡，對他進行深度了解。

而且宋朝皇帝開明，政治氣候寬鬆，據說包公在宋仁宗面前議事，說三道四口沫橫飛，有一滴口水真的噴到皇帝臉上，沒遭到斬頭不用說，更沒有被主席喝令停口，以不文明粗暴理由被趕出議事廳，多好。

現在真是衰過做女嘅陣。回來後再細想，再擴大幻想，其實應該不止這樣。

第一，蒐集敬佩的人，我只會沉默不語，寧願保持距離，有些疑團得到解答，例如問人家，你這詞中一句有個字，現在流傳有兩個版本，哪個是真、哪個你比較喜歡，一知道真相，就失去興味。

第二，我一無當官的能力，二無靠近皇帝的興趣，能把口水花噴到龍顏上又如何？與人說起這事，有知情人說，你是貪那些文物罷了。也對，蘇東坡身為宋朝書法家第一，傳世墨迹也不多，若能回去看看，已經有賺。

不，若是穿越，自然可以回來，那麼拿回來一兩件，就不止親眼目睹那麼簡單了。

不，若是這樣，也就不只是宋朝，最好回到越古老越好，也不用淘名人與皇宮的寶，不用貪得過分，從唯利是圖看，現代一件精緻東西，比不上古代一件爛貨，隨手在商朝撿一個酒杯就夠了。

有明白人說我貪，他不用回到兩三千年前，讓他回到粵語長片時代就夠好了。他可以帶著現在賺到的錢，學著那時的明星，把一條街買回來，光是想想就笑了。再有實際人嘆息一聲，然後許願：穿什麼越呢，還千年百年，幾十年我都不用，我只願時光倒流到九八年，或者零三零四年，用現在的積蓄，就能買到一間住得下去的房子。

不然請降低要求，回到幾年前，也不用耗盡彈藥，也可以輕輕鬆鬆在元朗上水屯門任我選了，我這婚呢，也就結得成了，那就是時光若能倒流，我就無怨無悔了。你們說我這願望，是卑微還是貪心呢？是實惠還是浪漫呢？

我們聽了這話，一時沉默無語。

好端端，從歡快的幻想，看出每個人的貪念，忽然又回到現實，掃興。

最後有識趣人解圍：不，我只要回到上星期買六合彩就無怨無悔了。

遺願在年青時就要寫好

〰 死亡即是告別，都說若能好好告別，對於這必然發生的事，也就沒有可惜不可惜。

夜半從書架上抽獎似的，隨手拿本什麼書看看。中獎的叫《死前要做的99件事》。別說，這書收回來也有些日子了，忽然不遲不早剛巧中選，得看看是怎麼回事。

常人一聽到死前，第一直覺就是死到臨頭；常人一看到有人說死到臨頭要做的事，最多想到最要緊的幾件事，受洗懺悔見人交代吐遺言寫遺書。時間倉促，能做好三四件就無憾了，要做九十九件事，是否太貪了點。

死亡即是告別，都說若能好好告別，對於這必然發生的事，也就沒有可惜不可惜。原以為這書就是九十九件做了就不覺可惜，以至於死又何憾，這些事不能不急，於是急急亂翻，見有十五位受訪者列出自己的死前事件清單。

一看，怎麼這些人都如此淡定又如此貪婪，九十九件就算了，都如此戀世，還怎麼在這生死關頭安樂放心撒手去？舉當中一位還不算最多事的做例子：看完村上春樹所有小說／能再度聽齊豫的演唱會／參觀世上十大博物館／走訪世上七大奇蹟／出版一部科幻小說／自導一部本土電影／去異鄉生活一兩年／依自己的理想建造一棟美麗的房子／和朋友快樂地度過沒男人的一個月／無憂無慮過不用上班的日子／能了解《易經》的奧祕。

以上這些還只是自己的事，夠時間肯用力就是。以下這些，則處於集體改變世界的事宜：廿四小時實況轉播無暴力色情的新聞／找到治療帕金森氏症高血壓糖尿病的良藥／鼓勵鄰居不用鐵皮屋而採用綠色建築／臺灣成為真正大國／世界和平／地球永遠美麗。

看到這裡，就知道中了書名的計，這書封面文案說的是：死亡前對生命的深情凝視與反省／十五個凡夫俗子勇敢列舉的死前清單。卻原來，是以作者開講九十九點做人之道為綱，那些不需太勇敢，而是太奮進列出來的最想做的事。

不過，書名其實有誤導意圖，卻又實實在在沒有騙人。沒有人說過死前就只剩下一天兩月半年，死前就是生後，打出生那天開始，不正正就是死前倒數？只是換個說法，一個真實也無關悲觀樂觀正負面的說法，說「我這一輩子，想做什麼什麼」實質跟「臨死前我要幹什麼什麼」完全沒分別。只是一輩子一世人，好像還長著，不急，人生需要有個大規劃，又總傾向先苦後甜。不來個死前的，也不會驚覺想做的事先做完了再算，即使無常正常，給你活到人均壽命，看看上面九十九件只其中幾件，光是看完喜歡作家的書、逛遍七大奇蹟、出書拍戲，就得用上大半生時間。

結果，最後雖然提不起勁看作者的生來或死前做人之道，那十五個凡夫俗子的九十九件樂事，卻又看得既歡快又驚心，那些小確幸與大想頭，確實永遠都不夠時間完成。如此看來，遺願最好在年青時就要寫好，然後趁在生時切實執行。

假裝散漫地專注的能力

～無可改變的命運，要不要預告，要不要專心應付，是性格測驗。

針唔拮到肉唔知痛。

唔知道有枝針拮到埋身，其實一樣唔知痛，起碼沒有了提前知痛的心理痛，也不會因心理痛加強了實質痛。當然，這只是我個人的看法，什麼事情都有兩說、三四五六說。

在醫院做身體檢查，前後共打了五次針，持針護士可能都受過訓練，打針有一種溫馨提示程序，每次要打下來之前，一定會很負責任、忠於現實不同情況提醒：現在要打了，會有一點點痛。有時會說：這個針筒比較大，會痛一點。

一般打針打在一般部位，對我來說，是不會痛的；準確點說，是知道那感覺叫做痛，但我不覺得痛，只要我不覺得，痛了也只像搔癢。直覺就是真實，這句話，在肉身上可能也派得上用場。打就打吧，反正這不是我的手，只是一堆蛋白質的組合，或者，只是死物。我這應對法，若然不算分心法，還有更分心的：專注想別的事情，美好的，或者更痛的事情，以甜蓋苦，或以毒攻毒。所以，護士的溫馨提示，在我聽來像是殘酷警告，天國近了，你該知痛，那可能是會破功的。而在那些一向怕打針的人聽來，不曉得會不會更怕。本來最高潮的刺痛，一下就過去了，現在來個預告，會有點痛喔，這個會比較痛喔，要忍耐一下，要有心理準備。就像一齣鬼片，內容本來可以沒那麼驚嚇，卻來個預告片，逼你提前進入狀態。

當然，痛出沒注意，也有專業上需要。現在要打針了，會痛，可以保證你不要亂動，痛不痛不要緊，萬一基於本能反應，像沒意識到被貓抓了一下，忽然一痛，身體忽然一動，打錯了部位，事情就大了，又要再預備痛，以及真正再痛一次。

究竟預告痛、苦命之光臨，會不會成為真實劇情之加強版？有些人會選擇及早揚聲，專注面對。護士溫柔地說好了，會比較痛，鈍感力較高的，不會胡思亂想，很忠實地接收提示，喔，果然很痛，沒有超過想像中的程度，有賺。誇張派一聽，慘，但結果，心理預期可能發揮了作用，先墊了底，痛也痛得麻木了。最好當然只像個謠言，比預期要低水位，更有賺。

無可改變的命運，要不要預告，要不要專心應付，是性格測驗。等如去檢查眼睛，同時也檢驗專注力，以及假裝散漫地專注的能力。驗眼壓驗眼球結構，都會提醒你，眼球別動，別眨眼。有人會聽完這指令，反而會越有眨眼的衝動，有人會乖乖地真的就像模仿起死魚眼，一動也不動。我就是想像八大山人所畫的魚，那隻眼呆呆地，也不知道有沒有生命，一分神加角色代入，每次都算成功達標。

其實，我們也許沒留心計算過，正常情況平均多久才眨一次眼，也不肯定，若要我們堅持住不眨眼，那時間會不會比不知不覺地眨了一次眼長。

不知不覺，我們看風景看人看電腦，眼球也會忘了轉動的需要，除非有人提醒，別動。

夢是最刺眼的一面鏡

〰 夢想隨時會弄顛倒，作夢卻往往是對現實生活的調整，倒顛過來讓你看到真相。

夢想隨時會弄顛倒，作夢卻往往是對現實生活的調整，倒顛過來讓你看到真相。

有些奇奇怪怪的異夢，醒來還記得的，就當看了一場忽然黑白有時彩色的立體電影算了，免費走一趟奇幻旅程，多做做無妨。即使是噩夢：見鬼、殺了人、逃亡、被警察追，也算是平衡一下還不夠轟烈的人生，你缺什麼、或者受不起什麼，就夢給你試試。可憾那些飛翔的夢做得太少，而我懷疑許多求而不可得的美景良辰賞心樂事，醒來都忘得乾淨，遺落到奈何天上不知誰家院去了。

另一種大夢，作用應該是把現實生活累積下來，埋到塵土深深不為意之處，一個夢就把它翻開來，把潛意識顛倒反轉再反轉給你看。

一直對人誇口說是考試機器，應考有何難？不過是大家考記性。沒黃藥師夫人倒背九陰真經的天賦，死啃好歹也背得個七成，背得只是苦功。那年代赴考，如把字從腦裡往紙上搬，痛快極、爽死了。到得無試一身輕的階段，卻久不久就會做考試夢，不爽，且惡得很，一般都是一來就是身在考場，朦朧間發覺沒準備，在空槍上陣的惶恐下驚醒過來。

至此不得不承認，考試陰影竟蔓延幾十年才慢慢露出真身，還得感激這批噩夢，對照鏡也照不出來的自己，有大大功勞。

最近有一陳年老死，快要搬家到臺灣去，常常催促什麼時候見見面，敘敘舊。因這陣子常常不在港，在港時又要急急追回港區工作本來的進度，大家的檔期都不好敲定。老死有次隔著電話，聲若半醉，語氣如半哭說，我要見你一面，想見你一面，一定要再見一面。當時感到氣氛弄得像生離死別，實在遠遠不到這份上。

加上理性冷靜病又發作了，只覺得大家整整齊齊同在香港時，也一樣是聚少離多，通訊息比見活人多，那漫長日子沒把握住，早不敘，晚不敘，犯不著要在彼此時間最緊迫的關頭，才來敘舊，這有點戲劇化。現在都什麼時代了，既是老死，怎麼給臺海一隔，以後就悲悽如老死不相往來了？所以最後屢約屢敗，沒了下文，香港電話打不通，可能已移居去了。本可以用訊息追問現況，但之前心太鐵，腸太石，有點不好意思。那是內疚嗎？應該還不至於吧。

終於前夜做了個很歡快的美夢，我跟老死又老死相往來得很頻密，從過去吃東西聊天互相告密說鬼故事，到一起從事搬家後收拾事宜都夢到了，甚至一起外遊過的地方都在夢中去了一遍。天，我從沒做過如此長篇又詳細的夢，若有劇本，定是根據我倆的交往實錄而編訂。

我先是在夢裡笑了出來，然後醒來發覺淚濕了枕頭。原來我比我想像中更掛念這老死，才靠這夢來成全，敘了一場比真實更難忘的舊。我清醒時沒有承認的內疚感，忙著時被擠出來的務實病，一個夢成了最刺眼的一面鏡。

三頭六臂的特異功能

越想求完美的人，越不得完美，心裡掛著一個計算機，去哪裡都是錯，去這裡就損失了那裡。

越怕浪費時間，時間就更易浪費；猶如越緊張，怕打爛一個心愛的瓷杯，那杯就偏偏會毀在你手上。

有時候剛好得了空，不得了，要找最想做的來做，花了時間在猶豫不決上不說；想好了，就看這個吧，但是又沒有想像中好看。邊看邊懷疑，難得一夜，若是看另一本，該有更大得著，於是心裡喊著，這回吃虧了；可看到一半，又不甘心半途而廢，如此星辰如此夜，到頭來竟不知為何立通宵。

這也猶如只有兩天時間，要善用，善用到盡，難得在異國，如此多好去處，萬萬不能去錯地方。可惜人心不足，越想求完美的人，越不得完美，心裡掛著一個計算機，去哪裡都是錯，去這裡就損失了那裡。

亦舒名言，時間用在哪裡是看得見的；如今要補充，時間怎樣用，結果看得見看不見還是後話，用時間用得歡快才是重點。所謂快樂的時光過得特別快，那就沒有浪費；難過的時間過得特別慢，難不成會覺得過得值嗎？

時間永遠不夠用，所以才恨不得有三頭六臂的想法。假想過自己真有三頭六臂，一個頭用來想歌詞，另一個邊看有關書籍資料，再一個頭也不能閒著，工作要緊、玩得更狠，最好看看字畫看看電影看看旅遊紀錄片。

這是真的，曾有個時期，家裡放三個螢幕，一邊寫歌詞，一邊放有畫無聲的電影，再一邊放日劇，難得三邊真的沒耽誤。須知日劇要看字幕才有意思，而我邊根據旋律邊構思歌詞，居然還跟得上劇情，看到感人處，還流下過頗為便宜的眼淚。淚乾了，回頭看寫下的詞，居然又能感動自己，絕。歌詞跟劇集兩個平行時空有沒有互動過，倒是無可考究。唯獨記得寫王菲的〈紅豆〉，確實看到木村拓哉與他女友在煮紅豆，因彼此心知肚明分手在即，紅豆煮糊了，女友眼睛也模糊了。

然而這也是僅有的所謂靈感的特例，也是一段神奇歲月擁有的特異功能。不是上天收回了我的三頭六臂，是年紀磨蝕了分身而不致分神的能力。

沒關係，只能專注做一件事有專注的好。現在越寫越慢，有時思前想後，想到入神再出神，在慢思慢想的世界裡，比三個螢幕提供的天地更廣闊無邊，活像漫遊在自己構想的太虛裡。

現在，會倒過頭懷疑，如果想一心二用，不甘心只呆呆地寫，究竟有多想寫。大概，只有很愛很愛，很享受那件事，才分不出神去想，還可以做些什麼把時間花得不留空隙。人，難得忘形，難得忘記時間如何溜走，難得不再不甘心。我一定要這樣想，才不會追悼那時難得的三頭六臂奇異功能。

所謂完美主義

〰 向來十分懷疑十全十美，從經驗所得，越想完美越容易出事。

對於hea做，還沒完成就一心惦記著完成後有什麼節目，自然不敢恭維。抱著交差心態，最對不起就是自己，既然要做，為什麼不能先假裝著一定要做到很完美才算完事呢？說不定騙著騙著，就能騙到自己很享受這工作，豈不是雙贏？

但是對於動不動就標榜完美，也一樣很有保留。

認識過幾個被人稱為完美主義者的，他們倒沒有什麼傳聞中的怪癖，跟合作夥伴有商有量，只是對自己要求高，在尊重別人意見方面，反而表現得十全十美。

也見識過常常把完美掛口唇邊的，只是追求自己認為的完美，如果是獨行俠製作，那是他自己的事；一要合作，只覺得他們把自己的完美建立在別人的妥協上。而且更風趣的是，因為完美，所以專橫獨斷以至發脾氣，都是美好的，倒顯得你是差不多先生，他們才是事事有所謂的緊張大師。

向來十分懷疑十全十美，從經驗所得，越想完美越容易出事。

如果那件是自作業，沒有限期還可以任你慢慢完成，慢慢美下去。但是又據經驗所知，許多完美大師，慢慢慢慢就爛尾，慢到原先那一股火氣都熄滅了，途中再要一鼓作氣，並非易事。丟涼了的菜，只能丟掉了重新再炒一碟新的，之前的工夫，已經與之後的作品無關。

要是有死線存在，所謂追求完美，也只能夠在限期內盡力而為；而人有三衰六旺，所以得重新修正：應該是在當時身體健康狀態，腦力狀況的限制下，沒有省過一分氣力，也算是有個完美的交代了。

緊張大師與完美主義者最常見的悲劇與鬧劇，是為了勉強爭取多五分，從九十二分變九十七分，最終因加得減，反而落得八十分收場。是的，就是為了一個小節，不值得考究到走火入魔的地方，花了大量精氣元神，當把玩一件玩意那樣摸來抹去，結果時間沒了，元神也散了，該注重的大局反而壞了。又或者，為了那五分，為了所謂完美，對於已完成部分過分挑剔——挑剔即使都是好事，可惜完美主義作祟，會變成為表現完美而沒事找事做，不斷改動，把自然變成過分工整，把準確變成誇張，連作品本來該有的生命都謀殺了，樣貌整了容，沒有生氣，只剩下匠氣。

要雕琢到幾時才堪稱完美？時間太長，創作者心態會改變，看事看人角度會成長，今天的完美，明天標準有變，又只有七全八美，看著看著總有不順眼的地方。不順眼，不代表就是缺陷；不等於當時還不夠用功，有偷懶疏漏的痕跡。創作者若回顧自己的作品，很容易隨手就可以列舉到自認為完美大作。很遺憾，那很可能是這位完美主義者原來那麼多年都沒有怎麼成長過，對自己要求沒有更完美地提升過；要不然，就是思想已經開始凝固，不動如山。

所謂完美之作，不能寫得更好，不能改動一個字，只不過是在當時情況狀態、當年心境思想，表達得最恰當，以今日的我，再找不回當時的我複製一次而已。

從何時發覺
沒有同伴
不行

一班人與一個人無所事事

有人喜聚不喜散，我喜歡聚時聚，散也就散。

某夜，我們幾個人在家裡吃飯，約會的名單中有一個人沒有來，聚會召集人說他來不了，因為他有事在身。

飯後，我們無所事事地閒聊，一邊很不專心地聽著電視播放一個盛典。盛典結束後，有人無聊起來，便發微信給缺席那人，問他在哪？在幹嘛？不問還好，那個他立刻有回音，說早已回家了，怎麼你們還未散？早知道立刻就過來，現在就要過來，一定要過來。

但我們其實也已經差不多了，有人說太晚了，有人說不可以再熬夜了，有人說應該早點問問他什麼時候完事，保持著聯絡，之前就可以不用飯後無所事事，多個人可以玩玩遊戲了。說著說著，有人的電話不停地登登作響，原來是他一個又一個微信，一段又一段的羡慕妒忌恨。

「我要來，我要來，你們在玩什麼？你們在玩什麼？」

「你們要等我來，你們要等我來，一定要等我來。」

「我一個人在家裡，我一個人在家裡，我好悶，我好悶。」

有人比較缺德，把那段錄音用藍芽廣播，那如泣如訴餘音裊裊更加淒厲，像一個遇溺者求救般絕望。有人心地不好，說他難道平日沒什麼朋友，怎麼悶怕到這地步；有人聽見覺得不忍，要不要真的等他千山萬水趕過來；有人回他，我們沒有玩什麼，只是在玩閒談。他聽了，再發話就好像有點甘心，還好沒玩什麼，忽然又覺得可惜，如果能在一起收看那節目，多開心，沒能一同見證，多遺憾。

之後，我們的話題就轉到他的身上，對了，他就是太多朋友，所以太習慣有人在附近擾攘，尤其有堆朋友在玩，他不知道還好，一知道了便坐不住，覺得一個人在家是很悶很悶的慘劇。

我從未聽過真人活生生大大聲地喊悶喊到如此刻骨入肉，也不知道他背後有沒有什麼心事，又有沒有誇張。我們大夥兒也不過是無所事事，跟他一個人在家無所事事又有什麼大分別？如果玩的不只是閒談，而是更刺激的遊戲，就更覺得失落？可是，我知道，本來幾個人，還有空間由聊聊天到談談心；如果他來，遊戲一開始，就只能玩這麼一場，這聚會，也沒有讓我們幾個朋友多了解彼此的近況。反而他沒有來，才知道他怕悶到這地步。

至於在一起分享一個特別節目，也沒什麼特別，一班人看可以起起鬨，一個人看可以看專心點，感受也不致受身邊人左右，沒有遺憾不遺憾。

有人喜聚不喜散，我喜歡聚時聚，散也就散。聚之前還是會很期待將至的熱鬧，人一散，忽然沉澱下來的空氣，又有種熟悉的親切感，好像回到原來該有的樣子，不但不會悶，一個人無所事事，即代表有更多事可以為所欲為。

他們走後，想起那個他常常說，無事常相見；既然無特別事，見不了也沒什麼事，勉強趕過來熬夜玩一玩，明天就報廢了，那又何必？若因為勉強相見不成，而自覺一個人會很悶很悶，更加無謂。

人生若如戲，別像賀歲片

既然不曾相濡以沫，自然兩忘於江湖，刻意再見見面，實在不必。

張智霖在《一代宗師》裡僅出現了一個鏡頭就沒了，看網上記載，有人當面問王家衛，張智霖的角色怎麼會出了一場就沒了下文。問的人明知故問，自然是時間關係，角色被刪剪成過客。王家衛回答得巧妙聰明，大意是，現實人生何嘗不是有許多人，只見過一回，就再沒有交集了。

這場對答真偽不可考，王家衛對張智霖角色的安排，是否真有心要表達人生中總有一批只此一回驚鴻一瞥的過路人，也無須認真。王家衛卻說出了人之常情。

只出現過一回而沒有驚鴻感的人，退化為無名字的臉，忘了也就忘了；倒是有許多見過一面，以至兩三四面的，也的確沒有了下文，為什麼就此斷了線？那條線也不是不可以追溯回來，例如，乙。

當初是透過甲才認識到乙，那場合，至今仍然佔據了一部分記憶：甲簡單而鄭重地介紹了乙，我們握握手，然後菜就來了。是的，毫不例外，總是要吃飯，否則彷彿擔心大家手口都空著，空氣就稀薄得令人尷尬。那頓飯，乙說了很多話，我只靜靜聽著，間中應對一兩句，那就是我們僅有的直接交流了。

之後，甲跟我說，要替乙辦個生日派對，乙點名邀我出席，說覺得跟我很投緣。這未免太玄了，那晚我究竟說了什麼令乙有這錯覺？大抵如高陽寫胡雪巖，即使對著初次見面的陌生人，人家滔滔不絕，長袖善舞的胡雪巖仍能很專心地聽，邊聽邊點頭，間中附和一兩句，好像對對方所說深有同感；如此兩人就都成了英雄，契也就此投了。雖然有看過《胡雪巖》小說，但我沒有潛質與打算廣交朋友，我應該只是假裝很專心在聽，然後為表示禮貌，隨便搭上兩句，想不到便被乙投了緣，還要去生日派對，祝對方生日快樂，然後很快又忘了對方幾時生日。

我的祝福不能說是假的，但要說對一個只有一面之緣的人，真情由內而外再由外而內地渴望他生日得很快樂，那才假得讓大家下不了台。我連乙的宗教信仰家庭狀況人生觀愛好都一無所知，只知是大機構的極高層，他生日快不快樂，能跟我扯上什麼關係？

此後就再沒有見過乙，因為我跟甲相熟，甲後來跟乙疏遠了，我也不可能主動找上乙，試試是否真投緣，讓生命千萬過客中從此多添個熟客。有次遇上點麻煩事，甲說誰叫我生性懶散，若能找上乙幫個忙就好了。我說，若為偶然的麻煩，有備無患而忙於將生張保溫成熟李，這才是延綿一世的麻煩。

就像那晚的派對上，也同樣碰上了許多初見及偶見的角色，像乙一般的丙丁戊，但戲分都在不經意間被剪掉了。否則，我人生的戲，會變成一部典型的賀歲片，有太多的角色穿插，主角都沒有發揮機會，劇情雜亂，主題不清，感情單薄，必屬爛片。而可怕的是，如果沒有一把利剪，又沒有決斷的手勢，我們的人生又的確很像典型賀歲片，充滿群戲，寶貴的時間給串場佔據得太多了。既然不曾相濡以沫，自然兩忘於江湖，刻意再見見面，實在不必。

打攪了他人的生命

好朋友不就是你打攪我，我也打攪你，打來打去打不成平手，差不多也就好了。

有一特別要好的朋友，好到可以把感情問題詳盡通報，大開中門歡迎分析、要求建議，別人是把是非當人情，我們從交流感情是非建立友情。

好到這分上，他還是非常客氣，每次有事找上來的時候，依然要先補充一句：不好意思，你知道，我這人是最怕麻煩人，最怕打攪人的，但是……

其實我不知道他最怕煩人，因為如果有事找找朋友分享或分擔就是煩人的話，他常常來找，也算煩人了。他有在怕嗎？好朋友不就是你打攪我，我也打攪你，打來打去打不成平手，差不多也就好了。

他沒有在怕，可每次都要說我最怕打攪人，然後等我說，沒關係，沒有覺得被打攪，得到這口頭保證後，才肯進入正題，真正自由發揮。彷彿為以後我若有怨言，也先築起了安全網，這是你首肯的，若覺得麻煩也是你自找的。

何必呢？像申請批文似的，以至於本來沒打攪都變打攪，本來無所忌諱的氣氛，都蒙上一層客套的陰影；以至於我開始不得不思考什麼叫打攪，人與人之間客套的必要性。

打攪人家，一定是攪亂了人家原有的生活秩序，怕對方本來有事——什麼才叫有事在身，人人都永遠有事在身，尤其有種事，叫無事忙。尊重別人生活流程到極點，則原本在無事忙，也不能想當然地替別人作主，你既然閒著也是閒著，就來聽我的，就來跟我聊天吃飯逛街以至旅遊去吧。

所以，大概，即使只是三言兩語，也得先問方便講兩句嗎？所以，大概，最體貼的就是現有模式，通話前先以訊息做批文，以便核實方便通話。客套的意思，就是把在時間運用上不能反客為主，徵用時間主人的同意，有時絕非套話，那套手續卻不可少。

所以，儘管之前已有默契成習慣，又來開感情諮詢大會了，好朋友明知道我在大多數情況下，都樂得放下手上不那麼趕急的事情，來聽聽這更刺激的閒話，明知道我有權主宰自己某時某刻想做什麼，也不得不鄭重敲門。

什麼叫打攪，在各自獨立的國度裡，凡干預到別人生命，哪怕引起像頭髮絲觸碰到頭髮絲的震盪，皆為打攪。我們巴不得接到的意外之請，不管是樂趣還是難題，不管有沒有麻煩，一湖水被人吹皺了，就是打攪。

小朋友應該不大會說「打攪」這兩個字的。

入睡前怕與世界失聯

彷彿一離世間睡覺，有人找也不曉得，就不能好好安心睡覺；連夢裡都不敢面對空白。

有道修心可以很簡單，飢來吃飯睏時眠。

對簡單人來說，這很簡單，簡單得像一頭豬，順自然本性而為，完畢。現代人都是濁人，在資訊輻射感染下，來自複雜的生活，離不開混濁泥濘，而且習慣了以泥濘護身，蓋住了面對自己時赤裸裸的空白。

那些泥濘，像裝飾面容的化妝護膚品，一點都不髒；泥濘越厚重，水越混濁，生活越滋潤，節目越精彩，話題越豐富。與其相濡以沫，不如相交於泥濘，如此便不愁寂寞，只擔心時間不夠。

活著，有忙碌的必要，時間不夠，最好把吃飯化為飯局，局中人個個是效率人，吃飯只是順便解決飢餓。若有人填飽了肚皮即行撤退，會被視為奇葩怪人的。

習慣了一身泥巴，一旦沒有了這事那事諸多事實，就沒有了安全感，也沒了存在感。所以慧海禪師說的睡時不肯眠，千般計較，看在失眠症患者眼中，也真冤枉。的確有人睡時把白天的事帶到睡床上，也有所謂因心事而弄得寢食難安的，可最難搞也最無辜的，是失眠症患者。患者會把禪師勸勉「瞓時眠」當成在傷口上灑鹽。

他們會說：瞓時誰不想眠，可惜很瞓很瞓時，就是眠不了。我睡不著不是因為把千般心事計較，反而因為聽了這勸，弄得躺床上不敢想事情只管數兔子聽自己呼吸，最後因百無聊賴而失去倚靠，如失去了床上的抱枕；想邁向昏迷也得有個方向，入睡也要有個確切的門口，心才踏實啊。

難怪許多失眠人，繁忙慣了，寧願開著電視，在煩雜的噪音帶領下，跟進著似有欲斷難斷的話題漸漸昏迷，也不敢數免數數字聽冷氣機聲音，那種單純很接近空無。他們連睡前也惟恐與世間失去聯絡，怕的不是煩擾，而是單調；寧靜與幽暗，不能誘惑他們睡意，在失去意識前，寧可流連在光影中，淹在生活的濁水裡，而腦袋空白就像孟婆茶可怕，入寐前會得驚醒過來。

有些人更要把手機放床邊，彷彿一離世間睡覺，有人找也不曉得，就不能好好安心睡覺；連夢裡都不敢面對空白，總要以泥濘做被單，要假裝不專心，才能專心做好睏時眠這功課。

失落兩個半小時

我不會用「不健康」來形容這風氣，我會用「不必要」去形容這「習慣」。

WhatsApp在大半夜癱瘓了只兩個半小時，居然也上了新聞，真是新聞。報導還真採訪了市民心聲，其中一位用家表示：翌日約了朋友，本來想半夜發訊息通知約會取消，就因為這故障，要大清早起床再發，造成些許麻煩。

這用家也太執著了吧，改為發電郵通知，又有多麻煩。我就不相信通訊用家與玩家，醒來頭等大事，不是巡視一遍WhatsApp、Line、微信，以及電郵，不完成這動作，是不會甘心出門的。

家庭議會主席在報導中表示，「發現年輕一代出現極不健康風氣，例如青少年每隔十秒便從口袋裡取出手機察看訊息回應，當沒人回應，便會表現失落。」

第一，何止年青人，我年中就受不少年中人所害，跟他們談笑越來越難風生，因為久不久就會分神，看他們看自己的手機，然後聽他們聽別人的口訊。

第二，我不會用「不健康」來形容這風氣，我會用「不必要」去形容這「習慣」。有些人收訊息成癮，一直收一直收，以此來保持呼吸以外的生活動力；就像有些人久不久要握握拳頭抽抽菸轉轉珠串一樣，手空下來就會有無形壓力。檢查訊息癮沒有健不健康，反正，人不是有這個癮就有那個癮，憑訊息量來填充，比許多堆填空隙的癮正常多了。只不過，一時間收不到口訊，便要失落，實在不必。正如兩個半小時不上WhatsApp也沒必要覺得麻煩，一天下來收過的即時訊息，有多少是有即時必要收看的，遲了就要誤事的，都是不相干的搭訕為主。發了訊息沒回應就失落？直接打電話質問去啊？誰叫你認為每個人都有即時回應的義務，而沒有在忙著其他事情的權利？或許他正忙著回應其他像你一樣的人呢？

以現時「風氣」看，不愁沒訊息，只怕收太多。萬一十分鐘都沒有動靜，大可主動出擊，只要不問對象，保證不愁冷清寂寞。而且正常人都有個極限，即使是習慣，通常物極必反。過年前收到一則可歌可泣的訊息，大意如下：各位，一點後請勿向我拜年，本人極難入睡，年留待白天才賀。我職責所在，不能關機，又精神緊張，消音後微震也會擾我清夢，請放我一馬。

如果之前沒有受過無間斷訊息的滋擾，怎說得出這一字一淚的話，把所有人都得罪光？所以專家無須太擔心，有人習慣不斷收圖收閒話家常來減壓，獲得存在感，這是玩家；玩得厭煩便變回用家，不會因為難得一時清靜而表現失落。反而用家比較麻煩，生活壓力已夠大，本來不相干的口訊正好減減壓，但是在忙著所謂正事時，手機一動，以為又有什麼事。原來是好友分享當下在北海道看到的雪景，小溫馨有可能變成虛驚，多無辜。

那一夜，我看著雙剔變藍

〰 以前好多個夜，我們都在電話裡看長夜變藍。

那一夜，可能窮極無聊，消耗了生命一陣子——反正，生命只減不加，只能消耗，但求沒虛耗而已。

那一夜，我竟然眼睜睜看著雙剔霎眼變藍，再霎眼，又兩個剔變藍，多麼有趣又恐怖。

那一夜，原是我多手，隨手打了幾個字，問一個久違了消息的朋友，因為是用手機打，所以問得很平白近人又最難回答，平常用人話，我是絕不會問，也最怕被人這樣問：近況如何？但因為用打的，而不是用講的，力氣能省就省。

那一夜，WhatsApp剛剛推出最新發明，讓看過訊息的人無所遁形，雙剔由黑變藍。我問完近況如何之後，兩個藍剔立刻現形，於是我想，對方剛巧也在看著手機，真是有緣。然後，螢幕上方閃現：正在輸入、在線上、正在輸入、在線上。啊，那應該是個比較長的回覆，所以要費一點時間。果然，對方把近況縷述得很有誠意，說了一個聽了令人唏嘘、甚至不知如何應對的感慨。我在想，也好，雖然那晚已經頗晚，既然變藍得那麼快，應該還沒睡意，便細細思量了一段無效的安慰當甜點消夜……雙剔馬上變藍，螢幕上方又不斷在輸入中。

如是者三四五個回合，我終於投降，改為錄下語音，對方卻堅持慢慢慢慢地螞蟻搬字的節奏，只是雙剔變藍的速度霎眼依然。好幾次，假如讓我這樣說下去，不如直撥電話算了。但，時代不同了，誰知道會不會吵醒人家的身邊人呢？誰知道對方想不想用口講話呢，在這一刻？

以前好多個夜，我們都在電話裡看長夜變藍。而那一夜，就這樣在對方無聲的訊息，跟我有聲的短句中敘了一場舊，或者有著以前煲粥所沒有的情懷吧，尤其那雙眼變藍，感覺對方很在意著急。

這一場信來信往，後來以表情符號了斷。

那一夜，我犯了無論男女人都會犯的毛病，好奇。手癢之下，想做個測試，又問候了三五個疏於音訊的朋友，近況如何？

然後畫面很恐怖，我的手機更恐怖，一個個剔，以我來不及仔細目擊的速度，一一齊齊整整變藍。如果我說，那是寂寞狂奔的速度，自然是我誤解了現在社交的模式，是我心眼太多表錯情，那可能不表示什麼，對方馬上回應不表示什麼，不回也不代表什麼。我只知道，很肯定，那晚的確已經頗晚，而那麼多人，竟然都把手機放眼皮底下，沒離開過巴掌範圍，沒有一個錯過一秒鐘，一路立即馬上藍藍藍藍藍下去。

這什麼狀況？這時間，他們的身邊人呢？他們本來在看的書或者在聽的歌在想的事呢？這時代，竟無一人專注，樂意為手機分神甚至守候。第一個立刻變藍的人，我還說什麼有緣，原來巧合的是問候，固執的是手機。

那一夜，我覺得手機像有藍魔附體，隨時作祟。

假開會之名

〰 日理千機不上萬，還怕有廢廢地之嫌，經常被發現是閒人一枚，於名聲有損。

「我現在在開會。」然後，電話就掛了。許多次跟某人在一起，有電話來襲，某人都以開會之名，把來電人打發了。

開什麼會呢？只有兩個人，也罷。會，不一定要人多到毫無意義那種才算開會，不過，每次開假會事件，我們都只是在吃喝吹水；即使偶爾會談到一些可持續性話題，但因為是吹，吹的本質是無定向，話題轉換速度，只能容許蜻蜓點水，點到又移情別戀去了，說開會未免言重。而且，還有，跟某人聚頭，大多數是人約黃昏後。

人很難避免一生不說上些假話，出於善意為免大家尷尬為大局著想的，叫白色謊言。從事公職的，忽然辭職，最熱門又堂皇的理由叫私人原因，說了等於沒說，這只是廢話，不算謊話。嚴重一點的理由，是健康問題，以常理而論，很少人會變相詛咒自己身體去撒這個謊，除非傷風感冒發燒，會像腳痛一樣，會導致不能繼續留任原職。至於閒聊吃飯變開會，這謊言的顏色，雖然無色無臭，好像無傷大雅，但見某人如此純熟隨便地、毫無必要地講假話，我不擔心什麼報應問題，只是把「我在開會」說到像 rip rap 那麼輕率，到底也會作假成自然，並非好事。

若每件小惡行都有個價，價值高到值得成為慣性業餘騙子，也無話可說，就為了不想被打擾，未免不值。除非是熱情過了火的推銷電話，否則，開誠布公，直接坦白說明，我現在和朋友在吃飯，在聊天，沒什麼趕緊事情的話，回頭再聯絡，不就完事了。莫非想跟朋友專心在一起相處，不足以成為不適合講電話的理由，莫非在這先報名「我能打電話給你嗎？」而後撥號的年代，不知情識趣的人還是那麼多，見你只是在吃飯，還抵死不肯掛線，而開會就壓得住一切？

其實在開會與聚會之間，還有許多藉口的選擇，在按摩在看戲在追劇在開車，種種不宜中斷不能分神的活動多著，某人何不輪流替換，讓說的聽的都有點新鮮感。

某人濫報開會的情況，某某某人認為其實是出於「我忙故我在」的潛意識。香港有許多精神，其中一種是以忙為榮，日理千機不上萬，還怕有廢廢地之嫌，經常被發現是閒人一枚，於名聲有損。

如果某人每每在黃昏後依然不斷假開會之名，以驕親朋，實在是雙重作賤。一是他不覺得悠閒時刻，不夠光明磊落，不足以謝絕不趕急的另一個電話來的閒聊。二則，某人竟然沒發現，以忙為榮早就過氣了。忙有很多忙法，忙於作樂忙於無所事事、忙於做自己喜歡的事情，哪怕是工作狂，但，忙於開會？高檔的大忙人，先有祕書這一關要過，開會時的電話，更沒可能接得通。而大多數情況，都是被迫忙，忙是一條停下來就會衣食住行無以為繼的可憐蟲，有什麼好炫耀？

不吃螃蟹的人

﹏既然我不知道損失了什麼，那就不能叫損失。我連那叫什麼都不知道，又有什麼好可惜？

每到吃大閘蟹的季節，有人在旁邊拿起全套工具把蟹抽絲剝繭時，便習慣成自然，自然會對我第無數次說，真可惜，你不能吃，你都不知道這個有多好吃。

既然我不知道有多好吃，多好吃也與我無關。

如果我生來不能吃螃蟹，才可以說我不知道螃蟹有多美味，可是，我想，大部分不能吃蟹的人，都是後天的，都因為皮膚過敏之類毛病。之前一定有嚐過，然後每試一次就過敏一次，終於發現了不能吃這個事實。

碰一次死一次，皮膚喉嚨過敏後又癢又腫，要熬過幾小時才慢慢退去的滋味，早就抵銷了螃蟹的美味，看見別人在吃，不想起症狀發作時的苦況也就萬幸了，怎麼會覺得煎熬難受。更何況，每個人的舌頭不一樣，特別是蝦蝦蟹蟹，拆這個剝那個，許多人僅僅嫌麻煩，就提不起勁去試他人口中的極品。

蟹可吃不吃，那麼結婚後生小孩呢。有一回，一對新婚夫婦，與另一初為人父的閒話家常。新做爸爸的不斷自述自己的新生小孩有多好玩，有了小孩子，多美滿幸福的一個家庭，之後說得太高興，就當起銷售員，大力游說新婚男女也快快生一個出來玩玩。新婚男最初只是生硬地回應一句，小孩不是生出來給父母當玩具玩的，也不覺得有什麼好玩。男的更強調，他們兩個也有了共識，暫時不要有下一代。女的，表情有點僵硬地點點頭同意。

新爸爸可能高興得過了頭，完全不人情世故，繼續勸說，你沒生過小孩，有了小孩，就知道那簡直是天大的幸福。是有點麻煩，要用心照顧，但那些麻煩其實都是樂趣。怎麼會有人如此不識趣？有人想生，有人對下一代過敏，而且光看女的那臉色，不難猜出背後另有故事，可能想生但男的不情願，或是身體不宜生育，種種。

果然，不久，兩男子就為此吵起來。我當時就坐在中間，想起了螃蟹，這個架就比較好勸了。從未吃過蟹，不知道蟹好吃不好吃，多說也無用，根本不想吃，就更談不上錯過與損失。

正如在吃飯時有怕魚一族在座，周圍的吃客大讚那條什麼什麼魚是人間極品，總愛對怕魚一族說，魚實在太好吃了，你不吃魚，都不知道損失了什麼。怕魚一族每次總一臉無辜又滿不在乎地無從應對。

你都不知道你損失了什麼，這是推薦人的口頭禪，要回應還不簡單：既然我不知道損失了什麼，那就不能叫損失。我連那叫什麼都不知道，又有什麼好可惜？除非我曾經很喜歡吃魚吃蟹，忽然不能吃，那才算損失。

後記：那不要小孩的新婚男女，一年左右就離婚了，原因外人不明。應該與一個愛吃螃蟹另一個怕吃螃蟹嫌麻煩有點關係。

己之所欲，勿施於人

以我是為你好之名，抹殺了個人意志，己之所欲，硬施於人。

勸酒成性，認為不乾幾杯就是不給面子的人，永遠不懂得己所不欲，勿施於人。

至於己之所欲，勿施於人，對忙於勸吃的人來說，大概更超出他們理解認知範圍。各顧各的吃，如此自利，成何體統？

同枱吃飯，氣氛與話題共產共賞，食事則各自修行。勸食狂卻沉溺在大愛同享的情懷太久，忘了自己的糖漿，會是別人的砒霜，一己之所欲，切勿亂施於他人身上。

X先生是畏腥族，從不沾海鮮，每回遇上新食伴，從小時陰影，到長大後忌口，都要解釋一次，那台詞唸得比阿彌陀佛還順口。而每次都有人嘗試驅趕別人的心魔，以呼籲投票爭自主權的毅力，說魚有多好吃，不吃是損失。可你不知道損失了什麼，不覺得那是好東西，就不存在好與壞，損失也不算損失。

但勸吃狂每勸幾回，又重複勸X先生吃那野生黃魚，大概只為忙於這強迫性禮儀，忘了人家不吃的與真正想吃的。有一回最恐怖的場面出現了，X先生忘了備受勸吃之苦，成了無謂客套的加害者，中邪般把菜挾到別人餐盤上。輪到我的時候，我冷言以對：別，即使你用的是公筷，但人各有志，這碟豬肚，有人愛吃肚尖，有人愛吃肚段，別把資源錯配。我明明還在咀嚼別的美味，你這一催促，不但擾亂本來的興致，還顯得被促銷的食物不夠受歡迎，要人含淚投其一票似的。再者，被督促吃這吃那，吃得更像一頭豬，趕急得像完成一份苦差，這叫眾敗俱傷。

X先生把我當失心瘋，繼續向一停了筷的女子推銷，還附加一句，吃那麼少不夠營養，你已經夠瘦了，減什麼肥？在一片你多吃這個這個好別浪費的聲浪中，我忽然像看見那些要子女上這上那興趣班的家長，更看到一個家庭以至社會的縮影，以我是為你好之名，抹殺了個人意志，己之所欲，硬施於人。

我不化妝便不要我嗎？

≋ 只因為怕難看怕得太明顯，才越發難看，本來沒看見的都看個夠。許多煩惱越煩越惱人，也不外如此。

在深圳世界之窗地鐵月台，沒什麼意外，不過是情侶吵架。吵架理由沒什麼特別，不過是男的罵女的：「你在家的時間我不管，逛街化個全妝，行不行？」

女的也沒什麼特別反應，不過是用手指不斷戳男的胸前，大聲反擊：「我不化妝會死掉嗎？我不化妝你不讓我出門嗎？我不化妝你就不要我嗎？」音量也沒特別大，應該比大堂宣布緊急狀態更洪亮清脆就是。最後，男的有點軟化，丟出一句：「這裡多人我不想吵，不怕丟人。」是啊，本來不就是不想丟臉，才要女化個整妝。

女的泛民上身，繼續拉布，持續追問：「我問你是不是不化妝就不要我？」男的想剪布，說：「你跟我走。」女可能見你跟我走還算有點情意，以為仍然有勢可恃，提出威脅：「你走，現在走，走了就不要找我。」男的毅然宣布散會：「我現在就不要你，我走了。」順勢把手上的花砸地上，女的見鬧大了，在男的背影後近乎自言自語：「你說多一次。」然後見沒反應，便找拍攝人做下台階：「拍什麼拍。」

出來鬧事就預料有人拍，被途人拍下來的整件事就兩個字：面子。

一個人會化妝，是要面子；一個人要同行之人化化妝才外出，也是要面子，最終為了面子問題，讓最難看的裡子給攤開來，丟臉丟到上鏡頭去。鏡頭模糊，看不清那女的素顏，究竟有多需要化妝，攜手外出才不致讓男的難堪，只因為怕難看怕得太明顯，才越發難看，本來沒看見的都看個夠。許多煩惱越煩越惱人，也不外如此。

素顏無罪也無功，正如化個濃得化不開的妝，也不是掩飾虛偽，純屬個人選擇，個人行為個人負責。

素顏女的疑惑：我不化妝，你便不要我嗎？這問題包含許多問題。

一，你會嫌棄我野生原貌嗎？如果長得真的非常不怎麼樣，又會因此而放棄你的話，日對夜對，你日化夜化，他日防夜防，家賊難防，早晨趁他未睜開眼前補妝，也不是長久之計。即使你長的再好看，也有審美疲勞的一天，當然，神祕會疲勞，審醜也會疲憊。起碼，若有天那人說你長這樣又不肯化妝，分手好了，那一定是藉口，或者只是萬分之一個理由。

二，你會鄙棄我連妝都懶得為你化嗎？會的。一般人見對方連一點點事情都不肯為自己做，會失望，而化妝，為己為人，一石二鳥這樣的便宜事都懶得動手，又不是叫你合力供房，還能有別的可以指望？

三，男的只是叫女的出外請化妝，要見人，若會嫌棄，不因她本來面貌，是在人前，多數是兄弟面前要面子。是的，長得美的，往往會懷疑自己只是被當作攞在手裡的炫耀物，因而生愛；非化妝不宜外出的，一樣擔心自己這件要帶逛街的招牌見不得人，因而生怖。那麼，是不是該分手呢？網友留言，這樣虛榮的男生，不要也罷。又有個說，化妝是對工作生活應酬的尊重，這女的太不成熟了，不要也罷。

依我看，都沒有說到點上。本來堅持原則，不化就不化，毋忘初衷，還不失女漢子風範，但堅持不做假臉，又不是爭取真普選，犯不著聲嘶力竭。一個拍拖少女，給人發現擁有罵街大媽的嗓門，外出如此，在家更無忌憚，你要。可是疑中留情，女的可能在外特別兇悍立威，要面子，跟逛街要化妝的要求，是同一個道理。

結果這個手分不分得成，有網民說關係如此兒戲，必分。依我看，未必。兒戲來，未必兒戲去；反正兒戲，分合也無所謂，反而沒那麼容易分。嚴肅認真的，才是輸家。

糾太久，結自然解

你可能從最初就喜歡糾結，那麼能糾則糾，想糾則糾，糾得太久，求安樂多於求激烈時，結就自然解了。

「我做了第三者，最近，極度糾結。」

最近每隔一陣子就收到某人這訊息。無細節亦無前因後果，如無頭公案，想敷衍也無從著手。為顯誠意，也只能訊息來，長篇大論地回了。

第三者有三種：纏上已婚的；情侶三人行的；在二人行中曖昧地穿插的，原來是已婚之人，那非常難搞，不如不搞。

撇開道德不道德的問題，若最終愛這一場，想有善終，圖個光明正大的頭銜，僅僅在手續上已折磨到不能——簽個名以外，人家還有孩子家當雜物要分拆妥當；搞完了，愛也再不能如當初單純。有家之人，日後吵起架來，論起理來，就多了個殺傷力強大的武器：我連婚都為你離了，你還想怎麼樣？

以後雙方即使都是淨身出戶，談情說愛之餘，恐怕還是要互相比拚誰付出得更多，而那些付出都不是一斤斤的愛，斤斤計較起來，只是誰為此惹上的麻煩多。你捱了多久的偷偷摸摸，良心不安，行事不方便，遭人非議之類；可這些有家之人都一樣有，他的包袱比你的更重更大，隨口拋一個下來就可以把你壓扁了。

有一種聽來很曼妙的說法：拆散別人的家？別太看重你自己了。物必先腐而後蟲生，堡壘從內部攻破潰敗，若非他們兩人關係首先出了問題，你就是硬擠進去也不過是個多餘人。

只有第一二三千日做人的，才把這安慰劑奉為必然真理吧。邏輯說得通，但感情不講邏輯。許多情愫在第一期擴散時，其實很容易撲殺於爆發階段，彼此抬抬手咬咬牙就過去了。而且，誰說關係必然要出了問題，事主心裡那杯半滿的水，才有了空位，容得下外面的誘惑？正餐與甜點據說還分兩個胃消化。你不過是別人飽食終日無所事事之下當了一道甜點；最厲害也只是壓在行將崩塌房子上最後一根稻草。草芥一條，有什麼好炫耀？笨人必先行頭，多等一會，讓房子先塌了，你就從破壞者變救災英雄了，從「不被世俗理解體諒」的第三者變二三手用家，偉大的環保分子了。

更何況，你也不能少看人的承受力、忍耐力，以至被習慣束縛久了培養出來的惰性。你不主動送上門去敲敲扣扣，說不定那房子還可以撐到天長地久，海枯石爛它還未爛。什麼？他這樣會很痛苦？你看著這樣的他比他更痛苦？

當初你若沒有把好感力推成愛，又再把愛變成苦，他人的痛苦與你何干，什麼時候博愛成這樣了？到如今，非君不行那套就少來了。本來百貨中百客，你可以挑少人光顧但落得方便那家店買貨，或者專挑門外長年有人龍的慢慢排隊或者插隊，你卻選擇了要在東主有喜暫不營業恕不招待的店門守候、撬門、鑽縫，也拿你沒法。

你可能從最初就喜歡糾結，那麼能糾則糾，想糾則糾，糾得太久，求安樂多於求激烈時，結就自然解了。

曾迷途
才怕追不上
滿街
趕路人

生命離不開混濁

～～ 誰雙手不惹點塵埃，不有過庸俗念頭，不貪戀過生命中非必要的得著？

水清無魚，人清無徒。

濁水才養得活魚，子非魚，也知魚要吃苔吃草吃魚、牠吃得下的一切。清澈如鏡，容不下一瞬蜉蝣，如此清水，魚也只能在獨自清秀中餓死。

如此看來，再美麗的生命也總惹來混濁，離不開混濁。除非是養在水族箱裡的觀賞魚，過濾器裡的生物鏈消化細菌，把排洩物也濾成水晶般通透，沒事，有人投放食物，魚就活得成。水清有魚，只為那些魚都有人伺候，非天生天養，不能自生，只等自滅。

人非魚，也從反起一片波瀾的魚樂圖中找到生存的門路。

你人很清高？清高到整天對著比你濁一點矮一點的人指指點點，能虛心受教的，慢慢也會在你面前心虛，與你保持距離。在清高人面前多大壓力，不怕日久生煩，也怕做不到你要求；跟你不是活在同一水平，何苦巴巴的送上面前給你比下去。誰雙手不惹點塵埃，不有過庸俗念頭，不貪戀過生命中非必要的得著？

濁多清少，等閒不易找到同路人。當然，如果只是自命清高，那就不愁同伴，大家知根知底，外清內濁，正好混成一堆。

你人很清白？從古至今，清人不是被排斥就是被打壓得下落不明。萬貪叢中得你一點清，讓其他人畢露原形，那怎麼行？你有你清白，但是顯得貪人礙眼，阻礙到貪人在渾水中摸魚，你不合污就不能同流，只能把你清理掉。

你人很清純？真的假的？光是猜你試你是否裝的，裝又有什麼目的，都累得賊死了，周圍都是混濁的真人，何必淌這清水？

算你是真清，開始時稀罕你快絕種；保護你太久，慢慢嫌棄你純得不吃人間煙火，不知世情險惡，跟你解釋為什麼得閒飲茶再傾即是現在兩傾無可傾，多費勁？不如跟別人飲茶吃包好過。

清人最好獨自上青山，在空氣清薄的清溪處安身，然後，如果耐得住一個人，繼續兩袖清風。否則，臨淵羨慕游魚爭食，不如退而下山，在那裡有閒雜人等各適其適的樂趣。

在混濁中每個人看起來都差不多，看不清自己，也就省去許多無謂的問題，例如我是誰我跟他們有何不同之類；存在感太強，最後只會不勝清寒。看看兩條魚相濡以沫的畫面，那唾沫能有多清，然而不交換一下這混濁之物，還真不能生存。

說清楚了，人清當然無徒；既然是清人，又何須要有徒？那麼在乎同道中人，又能清到哪裡去？清人與清人相處，應該會互相嫌棄對方打擾自己的清靜清閒才對啊。

百歲老人之笑喪

〰 人只能為自己，為自己活著這一刻而活。

一個百多歲高壽老人，經過漫長認不出誰跟誰的日子後，自然無痛離去。在那個謂之笑喪的典禮上，聽完了親人略述去者生平，不但笑不出來，反比其他「哭喪」更有寒意。

百多年的一生，由清末亂世開始，該有多少大時代小人物故事可以從頭細說，但是，沒了，活太久了，同輩友人多為鬼，都比他先走了。能在喪禮上供後人一說的，就只剩下最最晚年，在失去記憶前的一小截了。

沒法，誰叫他不曾讀書認字，寫不了日記；即使寫了，也可能留給了比他早逝的人，從此彷彿像沒存在過一樣。又誰叫他不是名人，一生大小事，自有人代為搜羅整理，生平有沒有什麼貢獻影響之類。

無名氏之名，只存在於互相認識的親朋間，口述個人軼事歷史只流傳於身邊人，那條線斷了就永遠斷了，沒有遺事，是百分百一了百了。沒有人知道自己到底是如何活來又死去，真有那麼重要嗎？你真把自己當一回事就重要，活得重於泰山，口口聲聲死而無憾，不過恃著生而無憾，有後人久不久懷念一下，所謂活在人心中而已。

有些人活著，卻像死去了；有些人死去，卻永遠活著。可若是社會不知名人士，僅僅靠身邊人一路活化著他的精神，這火棒啊，這薪火啊，相傳下去恐怕不久就燈滅了。

鴻毛般輕盈的一生，自有其可觀可樂可記處，可幾代之後，曾曾曾孫會記得上上輩某某某的小名外號，並那漫天鴻毛嗎？即使有族譜可查，也不過是個陌生的名字，查過了就落得知道了三個字。

這原也沒什麼值得大大感慨，只提醒我們，遇有不平事，別動不動就歷史人物上身，來一句是非功過自有後人說用以自慰，歷史留名人士都讓後人各有各說，更何況一條鴻毛？

別指望了，人只能為自己，為自己活著這一刻而活。演這場戲，就當沒有錄影，最好連觀眾都權當不存在。什麼豹死留皮人死留名，都是送給極少數人的安慰，而用來恫嚇大多數人，讓他們循規蹈矩過活的。

說到這，漸漸又明白，在每頓飯前替食物留影之必要，在車上自拍留影，並說明我在車上等待出發之必要，最後將之示眾之必要。

我在故我在。

如此恨

所以懂什麼就恨什麼，所謂美中不足，總要先懂得對美好的講究，才有能力挑出缺陷，再把缺陷誇張成遺憾。

閱讀古人心事，除了如輪迴般的歷史人物，大多有趣而無負擔，時代過去，舊心事也跟著過氣，與今人無關。

張愛玲（都作古了，也好算是古人）說人生三大恨：一恨海棠無香；二恨鰣魚多刺；三恨紅樓夢未完。今天，隨便在路上訪問一百個人，認得海棠花的該不到十個，分得出茉莉花香與水仙香的，怕只剩下二三異人。那一百人中，有吃過鰣魚的，該有四十左右，吃過而知道又記得那叫鰣魚的，怕剩下二十；這二十人中，認得又享受鰣魚之味的，可能只餘下五六七人。啊，《紅樓夢》，真有讀完的，百名街人，應該比吃過鰣魚的少；讀過而酷愛，又看出後四十回如塑膠海棠如無肚鰣魚的，怕會恨不得自己能穿越回古代去。

所以懂什麼就恨什麼，所謂美中不足，總要先懂得對美好的講究，才有能力挑出缺陷，再把缺陷誇張成遺憾。

我只看見過海棠，從沒有靠近過，也沒有買在家聞過，故無愛無恨。許多花都沒香，也不差了，只愛花香不愛花的人，也是極少數。這恨，只有花癡才配擁有。恨鰣魚多刺，實在多餘。會吃魚的都會知道，越多刺的魚，肉越鮮嫩。在魚刺的荊棘中挑出來的肉，才不會大塊大塊如橫生的賤肉，不細嫩也難。

至於紅樓，但凡紅樓迷，莫不恨天不假年，為什麼曹雪芹還沒有為主角的下場提供較明顯的線索，就保不住老命，任人僭建？但沒有原作者欽定結局的殘缺，不同抄本引起的好奇，我懷疑對《紅樓夢》之傳奇性也有很大功勞。張愛玲這麼一恨，下半生就耗用在她的紅樓夢魘裡，對各個版本優劣真偽考究出生活之火。

恨，何止需要氣力，如此恨，也是過日子的動力。人生三大恨，若數來數去，也只在這些風花雪月上做文章玩考究，著是恨得人牙癢癢。這種故作遺恨的囂張姿態，很接近村上春樹的小確幸，久不久盤點一下人生三大七大百大恨，無異於數算微小幸福。那麼，我人生三大恨，該是嫌蘇軾命短，本可以有留下更多字供養；恨乾隆當皇帝太久，以致有太多時間在畫上亂蓋章；再恨攝影機發明太晚，未能拍下李白本尊，看其長相與作品氣質有無重大落差。

然而這也都是古人之事，一涉現世，即使事關風花雪月飲食男女，也怕從舊恨挑起新愁。恨鰣魚多刺，不如恨魚沒魚味，雞無雞味而茶有藥味；恨海棠無香不如恨嗅覺麻木，空氣混濁得香臭難分；恨紅樓未完不如恨當年原版本可能為避政治審查而致輾轉流失，以致寶玉也要委屈赴考，情形一如今日。

最安全，還是恨一恨咖啡無糖，綠茶有奶，喝還是不喝，那是個天大問題，那就可以直奔離恨天去了。

假假地都要笑一笑

如果不是有什麼大喜事，一班人無故笑得齊齊整整，是否有點玄幻恐怖嗎？

一二三，笑。

我不明白為什麼拍照的時候，總要咧嘴而笑。總覺得對著鏡頭，無緣無故地笑，是極度不自然的狀態，尤其是拍照的人，如果不能隨機捕捉表情，等了又等，本來裝得再自然的笑容也變得僵硬。但是，指示清晰明確，一二三，笑，又很像奉命行事，憑什麼你叫我笑，我就要笑給你看。我當然不會矯情到說那是因為有骨氣，不過是留個紀念而已，但我臉部肌肉的確沒受過專業訓練，做不到在三的一聲之後，就能準時咧開嘴而不像傻瓜。

在這方面，還真佩服那些笑得及時又準確的，拍出來，一看，像從心裡笑出來。所謂相由心生，不知道包不包括這個，能在鏡頭前瞬間淺笑甜笑，是否平日心裡一致啊熱烈地彈琴熱烈地唱，所以真笑容能從心裡隨傳隨到。

為著我天生在鏡頭前會忽然面癱的緣故，大合照時我總是問題人物。每次好不容易照完了，一檢查，就有人大喊：要再來一次，你，你沒有笑。好幾次，我求情，你們怎麼要強迫我笑，你們都笑了不就夠了？你們不覺得，如果不是有什麼大喜事，一班人無故笑得齊齊整整，是否有點玄幻恐怖嗎？然後，最令他們哭笑不得的是，當我看見自己在一群人中獨自黑面時，我卻由衷地寬懷大笑了。

有時翻閱別人相簿，或是潛水到別人影集，大合照中，也不見得是清一色笑開來。有人歡笑有人抿嘴有人眼神彷彿看的很遠的樣子，各有性格氣質，忠實記錄，不正是留影最大的意義嗎？打開名攝影師的人像寫真，如果每個人都只有笑這個表情，還有什麼趣味可言。除非以笑做主題，淺笑傻笑狂笑似笑非笑，每個人各賣各的笑，那又是另一回事了。

於是，流傳下來的照片，我總是黑面多於笑，被要求笑的時候，我慣性抿嘴，以表示有點想笑。表示想笑，就像你想很努力很努力愛上一個人，結果越勉強越難愛上，不是落得黑面呆滯就是有點兇狠相。於是，認識不深只憑照片認人的，都以為我不苟言笑，落落寡歡，嚴肅得不近人情。

本來聽人這麼一說，還真傲笑起來，誤會就誤會，連自己的笑容都不能捍衞，要嘴角常常含春去證明我是什麼人，我寧可哭給你看。

但是，當我翻開老外鏡頭下的晚清面目，又悔不當初了。黑白照下，一個個眼神呆滯的表情，果然比得上千言萬語，也無須要翻書，逐字逐句研究當時的人過得好不好了。最恐怖是那些後宮妃嬪，讓人訝異，後宮還有何寵可爭，皇帝走避唯恐不及。或許，如果他們不是皺著眉頭，一副被世人負我欠我的獨孤樣，也不至於這麼嚇人。不過，在慈禧的照片面前，沒有人敢講嚇人，她大概以為兇神惡煞就是威儀，竟然沒有一個鏡頭是笑的，跟那隻大紅龍蝦沒有兩樣。嚇得我，從此一定要練習，如果chok不起來，假假地都要笑一笑，這誤會，不能一笑置之。

那年聖誕，我像一個壞人

如果不是為過節而過節，我們大可悠閒地吃頓飯，談談天，最終，熱情卻成為彼此的牽累，何必。

盤點歷年聖誕除夕新年如何度過，沒什麼意思；因為有意思的事情，不一定就那麼巧合，在節日裡發生。但節日也像金錢一樣，摯交以至伴侶之間，重點不是金錢，但錢字卻往往是一面你最不想看到的照妖鏡，或是照見人性善良面目的湖水。再不重視節日，節日卻總定時向你作出民情報告。

有年，人在大陸，過幾天就是聖誕，再過幾天又有工作，就索性留在那裡更省事。同行的人都有家累，有義務要回港交人，為他們沒有什麼瓜葛的主耶穌慶生。我堅持一動不如一靜，一個人留在那裡，花了許多唇舌才說服他們，准我留下來吧。

我留下來，當地一個朋友非常熱情，一定要陪我過聖誕，但是要先去參加朋友的聚會，然後可以早退，回來與我吃飯。我又花費了好多唇舌，表示沒關係，我不願意讓對方一腳踏兩條船。對我來說，身在曹營與人周旋，心卻牽繫著另一個地方，什麼時候趕赴另一場約會，是自找煩惱。可是，明顯對方很習慣而且頗享受趕場子的樂趣，所以比我更堅持。於是只好等，我不怕等待，如果能說得準一個時間，哪怕再長，也還有大把事情可做。偏偏想著等情況，大家也只能大約在幾點，大約是最令人忐忑的，雖然那個人不是誰，又因為那個不是誰，所以更不值得。

我打開了隨身帶來的一本小說，看得津津有味，然後，心裡萌生了一個歹念：千萬，千萬別那麼早回來，我正樂在其中，別腰斬我的樂趣，等一下實在難以分神，從小說一下子跳回現實。不久，肚子有點餓，於是我就隨便點了酒店一碗牛肉麵吃。剛吃著，那人剛好趕上，見我在吃麵，更一臉內疚，看得我也內疚起來。那人說，聖誕該吃聖誕餐噢，我說，酒店菜單裡的確有這套餐，不過我更愛吃牛肉麵，聖誕快樂，不是應該快快樂樂地，愛吃什麼就吃什麼嗎？那人堅持要再點一個標準的聖誕餐，但是他又已經在別處吃撐了。

這二人聖誕集會，結果是那人看著我勉強把聖誕餐吃掉，為了不辜負他的盛情，我得很用力地吃給他看，表情非常生動。正當我有點擔心，吃完之後，我的小說如何還能繼續，誰知，那人卻已無聲無息在電視聲浪中睡著了。他醒來之後，也實在太疲乏了，沒聊到幾句，就互祝一聲，打道回府。我有點慚愧地偷偷鬆了一口氣，沒想到，這慚愧之心，卻在那人走後，影響到我連小說也看不下去，因為我自覺好像在嫌棄人家真心的熱情，我從來沒有這麼像一個壞人。

如果不是為過節而過節，我們大可悠閒地吃頓飯，談談天，最終，熱情卻成為彼此的牽累，何必。從那以後，稍微有點勉強的聚會，安排有點需要費心思的所謂節目，我都一概放棄，節日讓我學會多一事不如少一事。

過節是回憶的道具

我們需要回憶，回憶需要線索，線索需要時地人，搞出來的人事物，都是道具，過節形式，就是回憶的道具。

曾經有個訪問，要我選一樣最憎，當時選了最憎過節。

其實我與節日沒有深仇大恨，也沒有因為在七七七節曾經七七七過，所以有歡樂後遺症，對節日種下了過節。

有節便過，不特別期待，想見的人，如果特別想在過節時見面便見，見不到，便間日見見，都一樣。也不必刻意異於常人，在那天避世，以顯示特立獨行，對，既然在聖誕新年當了一個獨家村，又那須找個村民聽你講自己在平安夜如常看了一晚書的輝煌史，何況那又有什麼好炫耀，不過是各有所好。

如果要憎過節，也許是替那些會在聖誕沒有與情侶吃一隻乾癟火雞而失落的人恨一恨；當然還有許多不同樣板，有些人會為那麼多派對聚會，忐忑倒數到過冬那天，竟然沒收到過任何邀請；有些人自詡相識滿天下，走了幾場才發現原來自己在某堆人當中只是個配角，即使從沒打算當風眼，來去過於自如，走了也沒有人發現，只發現多自己一個不多，少自己一個不少。這原是人際間不易之真理，不過心眼太小的人，又何必那麼熱衷於發掘真相。

過節前夕有許多娛樂新聞，今年看到一段超歡樂的。話說專家建議市民，提防患上節前焦慮症，何以會焦慮？原來許多人真會為如何布置家居，張羅禮物，擬定賓客名單，籌備食物而弄得精神緊張。專家說，焦慮症患者小心會讓病情惡化，無病無痛的小心誘發焦慮基因；專家為此建議忠告可以怎樣怎樣處理。一看到處理兩個字，我忍不住很不厚道的笑了，這不是沒事找事嗎？典型求完美而衰收尾的例子，典型貪玩變災難的癡人。

我憎節日形式化，但同時又明白形式的必要，形式對一些人不可或缺。天天都可以過得像聖誕節，每年卻只有真聖誕節這天，才會有一幫人聚在一起；或者說，大家都不約而同有空走在一起，合力搞氣氛、搞節目，總之要搞事。我們需要回憶，回憶需要線索，線索需要時地人，搞出來的人事物，都是道具，過節形式，就是回憶的道具。

我們回望某年，有時真少不得這些形形色色的節日。某年火雞烤、聖誕樹用了真樹、被現場環保分子訓誡一頓。某年收到的禮物，是個今時今日早已用不著的紀念冊，之後送與別人，別人又物歸原主，東窗事發後，引發了一次冷戰。某年某個應該來的人有來，不該在的人也在；某年很想在的人不在，知道遲早不會再來的人，終於沒有再出現過。大概就是這樣，每年的聖誕、新年、情人節、復活節、鬼節、中秋，都是個回憶的入口，好讓我們一開口，就說，那年聖誕，然後怎樣怎樣。

如果天天像節日，天天就不再是節日。歲月長，衣裳無論厚薄，漫無目標回望，回憶也怕虛無。能夠隨口說一句，某年元旦，因為某個緣故，某個地方取消了集體倒數，嗯，無論那個聖誕新年快不快樂，心裡總有份踏實。所以說，節無論過不過，節日總有其必要。如今，我不恨過節，也不憎過節了。

吃飯時誰肯齋吃飯

〰 吃飯時千般應酬社交，由地上交到線上，是以千般瑣事蓋過煩心事，堵塞了計較思索的機會，是以雜念淹沒雜念的修行法。

有個專修戒律的大師名為源律禪師的，向慧海禪師挑機：「你們只講禪的，修道用功否。」

慧海禪師答：「用功。」源律禪師問：「如何用功？」慧海禪師答：「飢來吃飯，睏來即眠。」源律禪師專門參研戒律，戒這戒那，大抵不服氣你禪宗在吃飯睡覺中修行，便問：「一般人總如是，和尚跟他們有何不同？」慧海禪師說：「一般人吃飯時不肯吃飯，百種需索；睡時不肯眠，千般計較。」

那源律禪師不必羨慕，吃飯時光吃飯、睡時專心睡也絕不容易做到。當代一行禪師曾提倡正念生活之正念吃飯法：讓吃飯還原吃飯，不言語無雜念，只想此飯乃因緣合成物，從飯之自性想到自身。

誰敢說這修行容易？吃政治飯的，要練就邊吃邊談政改的神功，我等凡夫俗子，吃飯時也總要講是非套人情報近況，一網打盡、一心數用，有幾何純吃飯？每個人都專心吃飯，怕氣氛怪異似鴻門宴，於是總有人出頭找個話題活絡氣氛。人手一機時代來臨，專心靜心做一件，可能比守戒律更難。

飯來時拍照，吃飯時搞分享，弄得人未吃菜已涼。然後，伴碟的手機又成為主菜，讓飯局從真人社交擴闊到線上社交的多元層次。有次飢來吃飯中，忘了誰忽然來一句：活在當下真好，肚子餓了真好，那些麻煩事先別管了，吃飽再算。我說，那要看當下裡還有多少個當下，你看他們當下忙著的，有欣賞懷緬過去的轉發圖片，有收看預估未來的星座運勢。當今生活的當下，跨度沒有最大，只有更大。

慧海禪師說一般人飢來吃飯時百般需索，是落伍了。今人聚精會神吃飯，反而食不知其味；至於想這想那千般計較，放心，吃飯時千般應酬社交，由地上交到線上，是以千般瑣事蓋過煩心事，堵塞了計較思索的機會，是以雜念淹沒雜念的修行法。

從何時
怕
遙望星塵

食鹽多過你食米

〰 經歷是個人資產，一旦變成包袱，常常當成書包般向後生隨便拋擲，壓不死人，也嚇跑許多聽書人。

後生為什麼要聽大人話？

大人的話值得聽，無非因為活得比後生早一點，如果大家都是向著相同方向走，大人可以告訴後生哪一條是冤枉路。我已經走過了，沒用的，別走了；換句話說，是個人口述歷史，可供後來者參考。那，為什麼不直接看更浩瀚豐厚的歷史書？親身經歷，而且由真人娓娓道來，又親和，又沒有偽造忌諱的必要，自然更有說服力。大前提是，這大人要有足夠表達力、感受力。

經歷是個人資產，一旦變成包袱，常常當成書包般向後生隨便拋擲，壓不死人，也嚇跑許多聽書人。曾經被蛇咬過，所以終身留有陰影，見後生即訓誡蛇會咬人的，並且代後生把關。看見了風吹草動，便攔住人不得前進，卻不知自己陰影作祟，最後發現原來只是風吹繩動，下不了台，就以小心駛得萬年船作為補充教訓，不是不好笑的。

歷史會重複，卻不一定是簡單的高度複製。環境不同，蛇出沒的條件不一樣，過早發警告，只落得成為寒蟬效應的幫兇，弄得人未亡、膽先喪。

有些大人最喜歡這樣的陳述：你現在的心情，我也曾經有過，你現在有的熱情，當年的我，可能比你還要多好多；但是，活下去，就會發覺，感性無用，活下去還是要倚靠理性行事。光有熱情，沒用的。

沒用的，這樣說，彷彿認定後生就只有情緒，沒有腦筋，誰聽得進去？一直強調沒用的，沒用的，成功史雖然因時移世易未必管用，還是有一定市場。不斷推銷失敗史，無異於見火即撲，不分那是照明的燭光火種，抑或真是一場火災，總之先潑了冷水再說。

如果後生最可愛也最可惜的，是火遮眼；大人最無奈的，就是越活越變成自己曾經瞧不起的人、曾經極力反對的那類人。心裡面有一把火，是可遇不可求的，火一旦熄了，也不是你要燃燒就能燃燒。

咬就咬吧，就讓後生給蛇咬一口，說不定他們體格更強，醫療技術更先進，死不掉的話，以後又少了一樣不必要的恐懼。燒就燒吧，大人又怎麼忍心讓後生一個個早熟老成，還沒過火，便已成油條，膩得悶人。

更有些大人不講理，只講輩分，最好笑的一句話叫我食鹽多過你食米，這有什麼好炫耀的？你吃鹽吃得多，但消化不良，反而會誘發身體種種毛病，未老先衰，更何況人人口味不同，你吃的鹽多，只表示你那年代口味重，正如行路多過人行橋，也沒什麼稀罕，路會改，地圖會更新，橋已變成海底隧道，有什麼好說的。

三好主義有幾好

有時候，自問見世面不多，判斷力不夠，好心存心裡就好了，真憑一顆好心，怕做起大事來，反而害人害己。

被問到有什麼座右銘，我的確有許多座右銘，甚至以搜集座右銘為樂，考察一下什麼話、什麼方法表達出來會說到人心裡去，也是很好玩的；至於用不用得上，再說。

對於座右銘，我是個投機分子，隨時隨機看風頭輪番轉換，事實也不容我們不見機行事。如果一本通書不能看到老，所謂座右銘，是坐鎮在桌上的銘言，一句話又怎麼能一直供奉到底，任何情況都不能搬動轉移？

又再被問到，有沒有聽過三好主義，三民主義我聽過，三好其實不用聽，也會編，不就是存好心、做好事、說好話。其實還可以再多幾個好，做好人、發好夢、吃得好睡得好身體好、牌品好自然人品好。嘿，我看最不好的座右銘，最危險的座右銘就是這三好主義。

存好心，本該沒有什麼好挑剔，好像放諸四海幾時都合用。但什麼叫好心，慈悲與智慧，缺一不可，好心做壞事，又該如何是好？有時候，自問見世面不多，判斷力不夠，好心存心裡就好了，真憑一顆好心，怕做起大事來，反而害人害己。歷史上這種好心人，數之不盡。

歹心絕不可起，但許多歹心卻又是從他人的好心而萌生的。好心放過不該放過的人，他反過來咬或不咬你一口，是你自己的事，他轉過頭去危害別人，你這好人還想拿什麼好人好事獎？

做好事，固然也是極好的，起碼比幹壞事高尚多了。問題又回到什麼是好事。捐點錢，做點善事，應該沒什麼問題，哦，也別太快下結論，捐錢還得問捐到哪裡，即使不怕養肥了經手人，目前有種活絡經濟的模式，破壞就是做建設的黃金機會，而這等建設就是為建設而建設，有工程才有政績。捐款不清自發湧來，重建又何必來真的？何必堵死了以後有所作法的路？

至於說好話，是最不敢恭維的。當著人家的面，沒必要的冒犯自然不必，著實有太多人把樂於冒犯人當成有性格夠自我，但反過來只講好話，只會挑好聽的話說；即使沒有淪為恭維獻媚，聽的人不嫌膩，講的人又想置自己於何地？不說好話，不等於要說壞話，這世界確實太多難聽難看讓人難過的東西，好話是種緩衝的裝飾品，只要別習慣了講好話變成場面話就好。

另有種好話，是出現爭拗時站在中間做老好人的專門用語。特色是兩邊都有對有錯，錯的有不得已的地方，對的也犯了錯處。這不是解決矛盾的好辦法，這只是讓兩邊情緒平復冷靜的鎮定劑，藥力過了，反而弄出好壞兩分的局面。

只說好話的人，多少有點不敢不好意思站邊的嫌疑，所謂說公道話，又是只為明哲保身而講。

以上三好，沒有足夠好本事好眼界好見識，好可能壞了大事。遠的不說，僅僅憑這三條法寶，放在香港眼前困局，用得著嗎？你又想幫哪一邊講你的好話？

把正能量當鴉片

若有怨而假裝無怨無尤，這服藥長期服用也只是毒藥，凡藥三分毒，說到底，也如所謂有益食療一樣，不能濫吃。

幾年前美國有個「廿一天零抱怨挑戰」玩意，每人手腕戴上一條塑膠手串，一遇上埋怨投訴想牢騷的情緒，便把手串替換到另一隻手上，若能在三個禮拜內沒有轉手情況，即表示大功告成，畢業了。配合這運動還有本書，叫《沒抱怨的世界》，書看過，此事也已寫過。

幾年過去，關於這遊戲最新想法是：本來還沒什麼好抱怨，唯一要抱怨的就是不准我抱怨。一旦脫下了這鐐銬似的手串，就沒有抱怨了。

同樣道理，若活在一個不容許投訴的社會，連牢騷也受法規限制，則牢騷更大。如果你中門大開，歡迎來投而無怨，則最大的怨念也已消除，本來的牢騷也許只是小菜一碟。

統治者對民怨宜用疏導法，像治水一樣，只一味築高堤壩防水是徒勞無功的。六四當天，據說在微博上連「今天」也屬敏感字，一搜查，只看到不符法規政策字樣，這分明博投訴，把怨氣轉移到人心裡，累積更大的爆發力量。

個人也是自己身心的統治者，投訴抱怨發牢騷，生活中難免，是起床開門三件事。每個人真的都這麼負面麼？世界不會圍繞一個人而轉，偶然如意，不如意才是必然的，只是有人在發出牢騷前已消化了怨念；有些人性子直而急，不發一發不心息，於是，他們就用發洩法打發情緒，負負得正。

那運動，為鼓勵激發正能量，滅絕負能量而設，可是若有怨而假裝無怨無尤，這服藥長期服用也只是毒藥。凡藥三分毒，說到底，也如所謂有益食療一樣，不能濫吃。

目下都說我們要傳揚正能量、正能量，濫用正能量也有如濫藥。鴉片原為藥用，後來變成止痛劑麻醉劑，再後來太享受那知覺遲鈍的感覺了，於是上了癮，不能自拔。什麼都不投訴不埋怨不發牢騷，硬往正面想，事情會好起來的，好不起來，我奉行三不主義，起碼內心也沒受影響。於是，止住了心動後，就再沒行動，事情始終沒有解決。堅持這種正能量，與靠鴉片度日沒什麼分別。

自然，埋怨也能讓人上癮，越怨越興奮，怨到高潮，怨出英雄快感。正負兩種鴉片癮，各有勝負；相比之下，怨讓人疲憊，資深怨男怨女趕客，長期牢騷嚇跑身邊人，負氣人總有自己忍受不住自己的一天。正能量人，卻因為自我感覺良好，潛在體內的塑膠正氣未能消化，一直自欺就算了，可能還拿這個來欺人，化身為正氣十字軍，以撲滅投訴之火為己任。最後，你說是哪種人比較危險？

「零投訴的世界」，零是個危險的概念，絕對得不容變通。這是中英文翻譯的誤區，人家書名原文是《Complaint Free World》，一般翻譯人一見free字，即時譯成零，翻成無。英文什麼什麼free，是作此解法，但free字這樣用，實是妙用，裡面還有一層釋放的意思。讓我翻，我會把零投訴世界譯成「從投訴的世界釋放」，投訴不是課稅，看見duty free會很高興，以為這樣容易活在沒有投訴的世界，只怕高興得太早。

不過是歌詞一首而已

壓力越壓越有，焦慮越慮越焦，這道理知易行難。

如何應付工作壓力？我疑心是因為患過焦慮症，所以常常要面對這問題，他們以為從病人身上可以問出什麼祕方。

我想，把話說得高大上，什麼適當的壓力是應付難關必需的，過度了，反而會讓效率下降之類的空話。每個人都知道一點點，每聽過的，網搜一下更省事。

問題是怎麼樣把失控的壓力壓得人性一點，為免讓等待獨家法寶的眼光失望，只好拿私房的真人經驗攤開來講。

在我焦慮症犯得最嚴重的時候，幾乎心裡一動念要開始寫東西，一想到要面對那一套早已習以為常的工序，心就自動準時跳得出格，眼睛就紅得似吸血鬼，也分不開是不能下手，還是不想開工。

有一回，黃昏就要錄音了，日正中天，我還在玩焦慮，肉體用力在向我精神做思想工作，告訴我應當很焦慮。因為經驗豐富，平常也習慣了向腦分泌反洗腦，回應它我不緊張，有什麼好緊張的？如果交歌詞的時間沒那麼趕，在肉身與心靈之間，對話的空間與平台還是存在的。但四五個小時，說長不長，說短不短，眨眼也可以說是近黃昏。即使是個沒事人，怕也會因為越緊張而越寫不出來，又若是這個症候沒發作，恃著熟能生巧，或許還能若無其事，以正常合理速度，完成任務。怎麼辦呢？

只能光明正大地行無恥之事，直接告訴製作人，不行了，要挪後一天了。

其實，在我決定勇敢地，從隱瞞著真相的暗室裡站出來那一刻，已經感覺到沒那麼焦躁那麼顧慮了。即便連累人家改期很無恥，但親口跟受害人表示自己很無恥，即俗語所謂知恥，原來真的羞愧得很輕快。

那製作人是大熟人，聽了要延期之後，我心嘀咕嘀咕嘀地等候判刑，誰知他淡定得過分。哦，焦慮症又來了，沒關係，那歌嘛，今天不錄也罷；那詞嘛，也不用緊張，隨便寫寫，差不多也就行了。別那麼講究，不過是歌詞一首，唱了也未必有人聽到，聽到的人也未必有人留意到歌詞。

不過是歌詞一首，這算什麼話呀。那一刻，我幾乎懷疑那人不是喝多了就是鬼上身了吧。這個人平常倒是挑剔到不近人情，動不動就以這首歌非常非常非常重要，歌詞要怎樣怎樣怎樣來要脅恐嚇，好讓我交出最好的東西給他的一個緊張大師。

我沒聽錯吧，不過是歌詞一首？

然而就是因為這樣一句跡近不負責任的無賴話，我的眼耳口鼻繼續玩焦慮，心卻忽然回復正常，起碼可以如常地開工。接著，我稍息片刻，緩過神來，在黃昏稍後完成工作。

所以說，壓力越壓越有，焦慮越慮越焦，這道理知易行難，那人那話，卻如一把及時雨傘，在濕身前撐起來，好算是我經歷過的奇蹟之一。後來遇上類似狀況，雖然時靈時不靈驗，那種不過是XX而已的輕佻、耍賴、或者灑脫，對焦慮症病人以及被壓得很慘的人，還是大有啟發的。

化學物質與心藥

心除了像根畫筆，會改變所看見的世界，原來也真會修整到神經，讓不自律的自律一下。

聽了一句話，心裡立時豁然開朗的經歷還真不多，好像在禪宗公案裡用以開示世人的例子、雞湯書裡不知真假的故事，才會有這樣的一燈忽照千年暗。

多年前的焦慮症又發作得很急，壓力不受控制，聽了監製那句「不過是歌詞一首而已」，立時呼吸心跳正常，也好算是類似的奇蹟了。

此事值得一記再記。

最初還不知道有種症候名叫焦慮時，還以為純粹因為工作壓力大啦、情商忽然急降啦、總之都跟心理有關。後來知道了，原來是內分泌失常，也會導致肉體發出壓力大很緊張的誤報，又一百八十度反過來否定所有心理因素，全賴在肉身的問題上。

那時確實心裡釋然，很享受這想法，與工作過多、與承受工作過多的心理質素無關。而那也是真的，即使在這個病鬧得最兇的那段日子，著實也沒幾次是心情上的焦慮煩躁，只是生理反應強迫我焦慮，不憂慮不焦急也不行的樣子。

那時不斷與沒事的人說，向同病相憐的人傳道，安啦，都跟你的遭遇、想法、個性無關，責任不在你，怪就怪你肉身莫名奇妙在搗亂。這麼一說，聽的人，也包括我自己，自然大大受用：原來不是我沒出息啦、不是少少考驗也熬不住啦，不是我性格有問題啦。

人總不願意承認自己管不好自己，特別一牽涉到性格，特別是情緒病人，被人說性格有問題，情緒有病，多難聽。那時甚至聽到對這種症候群一無所知的局外人，隨口就打擊當勸慰：唉，那些憂鬱症病患者，想開點不就得了，就我這樣，開心又一天，不開心又一天……不等苦主反駁，我就撲出來澄清，不，不是這樣的，有許多個案，患者本來都好端端是個樂天派，不過是分泌出問題，自律神經不自律。說這話的人，常常不服氣，再追加一句：知人口面不知心，對人歡笑背人垂淚你沒聽過嗎？聽到這裡，每每在心裡詛咒：你是在說自己嗎？

後來又聽過有人憑信仰宗教力量，打敗了這個由神經失調而來的病，身藥能用心藥醫，還是半信半疑，因為那時太迷信吃藥，認為光依靠心藥，等同延醫誤事。

直到那次「不過是歌詞一首而已」事件，自詡懂得許多心藥配方的我，吃了由別人隨口送來的這一劑，第一次能靠心態修正自律神經，而且是在一瞬間

KO了那神祕莫測的腦袋，才真正沒話說。心除了像根畫筆，會改變所看見的世界，原來也真會修整到神經，讓不自律的自律一下。

腦神經那麼複雜，專家還在研究中，凡人病人更無須自以為是，這一束出了狀況，要吃化學物質調整；那一根吃吃心藥，原來也有補於事，也是未知數。沒有人敢打包票，天天祈禱天天高歌會更好，失常的肉身就正常，詭異似急急如律令；唯一可以確信的是，吃心藥雖不致保證痊癒，但堅拒不服，病況來襲時，又何必放棄這唯一可操控的盾牌？

把神仙魚豢養

同一天性，也有各自個性而且個性也會隨著習性而改變。

子非魚，焉知魚之樂，以及不樂。

子非魚，更不知魚之稟性與心情。你以為牠神情呆滯生了病，原來只是天性不好動。

到你欣賞牠優游文靜，牠卻因為水質不合，提不起勁，只是勉強撐著。你以為你熟悉某一個品種的魚，喜歡某一種魚的天性；卻原來，同一天性，也有各自個性，而且個性也會隨著習性而改變。

就說神仙魚吧。不熟悉門路的新手，在水族店看到，喜歡神仙魚嫻靜，泳姿優雅，不明內情就把牠帶回家。

然後果然過分嫻靜，不久就死了。過來人會分享經驗，養神仙魚的水，適宜偏酸，最好有泥有草。

新手再到水族店一看，又另有發現。那些設計得像亞馬遜河底的草木小天地。若有一兩條神仙魚在動與不動之間，確實有幾分神仙境界。

於是，又大興土木先做好基建，營造了一個水底森林，再添新魚。

過不久，魚又病態地嫻靜了一陣子，又無端仙遊。新手不服氣，過來人就再送上經驗之談。神仙魚有野生的，有人工繁殖的。

如果是野生品種，從河裡運送到店裡，有個適應期，過得了就好，過不了，店主也蒙受損失。

如何分辨過了沒有？很簡單，像人一樣，有胃口就表示身心安好，如果你在水面晃動手指頭，那批魚有反應，紛紛游到水面，以為有浮水的乾糧。作勢欲吃，即表示已經習慣了活在水缸裡。如此，就是健康無礙的保證。

新手於是臨場實驗，神仙魚回到家裡陌生環境，不同水質，又有個適應期。新手每次放糧食，魚都沒有反應。

直到那些浮水糧下沉，魚才帶著驚懼的姿態，每吃了一口閃躲一步。新手有點不滿意，嫌牠們的姿態鬼祟，有失優雅。過來人告知時間會改變牠們，過了些時日浮水面的糧終於也讓魚兒放心，肯上去撲食。新手這回安心了，這是身壯力健龍馬精神的表現。但是，舉舉指頭即時引得魚兒自動獻身，這場面實在很神奇。新手說就像馴養了的貓貓狗狗，人與魚之間居然好像有了默契一樣，多好玩。

過來人再獻一計，你想這樣，有個竅門，每次投糧時不要撒下糧食就放手，你要捏著乾糧粉末，手指停在水面，一點一點地，延長投擲的時間，日久成自然，牠們一見有黑影經過，就會集體衝上水面給你看。

新手只消一週，魚就順服了。有時空手欺騙牠們，有如烽火戲諸侯，大有當主人的快感。

可是不久，新手又有投訴，哭喪著臉，說真沒趣，本來舉手呢，牠們才興奮地吃，看牠們吃，也興奮得很。但是現在，牠們有事無事都只會貼近水面，焦躁地等待，連水都不願意閒閒地游給我看，哪裡還有半點神仙魚的優雅。

本來賞牠們嫻靜幽僻的意境，現在卻給的豢養成一群難民，一堆以為食之徒，一點也沒有仙氣，竟開始瞧不起牠們。過來人說，是啊，子非魚焉知魚也有人性。你想讓牠們悠久的氣質，就別貪圖號令天下人的權能和快感，二只能選一，然而現在回不去了。

花市行情

〰 沒有無緣無故的由恨轉愛，其實是因為人情，所以花也會移情。

何謂年花？自然是在農曆新年自自然然大開特開的花，才配作年花。新春過後諸芳盡，瞬間爆發燒爆竹般開給你看看，才有過年氣氛。過了期過了氣，依然犯賤地開到源源不絕，又怎麼會覺得在過年？

花期不長，更顯矜貴。那天路過花墟，看見最多的，竟然是命硬過政棍的洋蘭；尤其是蝴蝶蘭，三個月也不肯凋謝，平日在花店裡佔盡有利位置，當它的花市霸權就罷了。一年一度，還要擋住命比較薄的弱勢群芳。農曆年流流，不選應節的，成什麼體統？不過沒人買的不會有人賣，由此可見，香港人非常實惠，蝴蝶蘭算它百元一舊，每天消費平均只需一個一毫一一，比剎那芳華便宜實用無限倍。同樣是洋蘭，有種叫蕙蘭的，比較罕見，交投亦不見暢旺，皆因命短價高。區區花市行情，亦可見人情，越貴的東西越快枯萎，你以為價錢便宜的就討不到便宜，會是容易受傷的A貨？不一定，君不見但凡能在各區橫行，入屋親民的，以賤貨為多，花猶如此，人何以堪。

蘭花之中，少人對國蘭有興趣。其實洋蘭只得花瓣可觀，大紅大紫大白，慌死你看不見，可惜辭枝自落以後，剩下那些如賤肉橫生的葉，只適宜放暗角落重料催花。國蘭比較光明磊落，無花時有葉可賞；只要你懂得像特首施以橫手，刪刪剪剪，凡礙眼的枝葉都一律除掉，只保留合意的，布局構圖就出來了，彷彿捕獲鄭板橋的野生傑作。待得花開，更有暗香盈袖，可惜新年就是圖熱鬧，一切要快，作為有味年花，萬萬夠不上水仙濃香撲鼻，一入屋，就有即時效果，是貨真價實的階段性勝利。

花有花期，人也有惜花期。少年雖已識得愁滋味，但總對喜氣洋洋的花有偏見，覺得俗豔，特別對著一大束的大紅劍蘭，不知從何處賞起。怎麼人家是蘭，你又叫阿蘭，生得你咁樣衰嘅。後來在可敬又可愛的羅文家裡拜年，見放著一巨盤鮮紅劍蘭，少說也有二三十枝，因為壯麗，所以豔而不覺俗，頗有嶺南派祖師爺居廉工筆的風範；到如今，人去而花情常在。當然，沒有無緣無故的由恨轉愛，其實是因為人情，所以花也會移情；所以，長得像龍蝦紅色的花兒們，對不起了。

梅花運

〰 命與命最遠又最短的距離，莫過於桃與梅的花期，桃花趁暖而開，梅花熬完了寒冬，一般敵不過新春。

聽過一個關於年花的笑話，其實不好笑。

話說從前有枚天煞孤星，聽了堪輿大師之言，只要在初二夜半，繞桃花公轉七次，很靈，很快，過完年就合該有桃花運纏身。歷經一番拜與被拜的疲勞之後，該名苦主好不容易還是沒遇上愛，向大師興起問罪之師。

大師一看，花早早落盡，答曰：怪不得，連果都要結了。苦主問：怎麼我還沒有過程就結果了呢？大師曰：這些果子，你留待去醃酸梅吧。苦主驚問：怎麼回事。大師曰：所謂摽梅已過，你還想怎樣？算你倒霉，你這株是梅花，不是桃花啊。阿梅，你食咗飯未？

我不懷疑天下間，會有一名恨拍拖恨到變傻瓜、繞樹三匝無枝可依的阿梅，傲驕港女會在桃花樹下折腰，有幾稀奇。奇在這梅花從何而來。命與命最遠又最短的距離，莫過於桃與梅的花期，桃花趁暖而開，梅花熬完了寒冬，一般敵不過新春，花市也少有人賣梅花，倒霉是顧客的事，發霉卻與賣花人生意攸關。

其實新年行個梅花運也不俗，若忌諱那諧音，有比水仙更倒霉的？梅花好歹有份做歲寒三友四君子，歷來受盡文人歌頌，敬佩其耐寒的本事與傲骨。可惜文人有文人吹捧，一到大節，吹一套買一套，俗人一窩蜂只捧桃花大吉牡丹，只愛熱鬧富貴喧鬧，什麼耐寒傲雪的氣節，不經一番寒徹骨、哪得梅花撲鼻香的精神，留予清明再說。

梅花運，沒人要，我要。去年見花墟有賣日本人培植的微型梅花盆景，我這枚獨家村若放家裡，保證一室傲骨氣，可惜代價不菲，又易死，買得起，傷不起。詠梅詩中陸游的《卜算子》，最對獨家村胃口：「驛外斷橋邊，寂寞開無主，已是黃昏獨自愁，更著風和雨。無意苦爭春，一任群芳妒，零落成泥碾作塵，只有香如故。」

在這裡為堅持「香如故」的鄉里，獨家解解這條籤：何處是驛站以外，那一條橋快要斷了，何謂無主，誰是寂寞少數，經過了怎麼樣一場風雨，為何事哀愁，鄉里們懂的。梅花無意爭你什麼春，汲汲營營什麼競爭力；任人妒也好，被踩到如地底泥也罷，淪陷蒙塵，未忘初衷，香魂不改。

阿梅，明白未？鄉里們，應節不？

豁出去，吻下來

〰 朝思暮想的，一番轉臉，原來是個骷髏，你覺悟了沒？早知如此，你還會不會豁出去，吻下來。

蟑螂竟然也有人養殖，也需要養殖？生命力如此頑強的東西，還犯得著去像催促雞鴨般快高長大？

西報報導，目前中國的蟑螂養殖場急劇發展，快追上蟑螂本身的繁殖速度。養蟑螂自然不比養蜥蜴，不是什麼冷門的癖好，而是最新賺快錢的生意。據說，蟑螂身軀含有最便宜的蛋白質，其油潤的翅膀，含豐富細胞膜質。什麼叫細胞膜質不知道，只知蛋白質無處不在，有什麼必要打到蟑螂的頭上去？殺頭的生意有人做，低成本的生意更不愁沒人搶，但，外表醜陋的蟑螂，總得有個漂亮的理由，才能製造市場需要。所以，毫不例外，這神祕的東西，總有個有更神祕的功效。據說，蟑螂曬乾磨成粉，可以治禿頭愛滋癌症，更可以做化妝品的原材料，目前蟑螂養殖場的客戶主要是亞洲的藥廠及化妝廠商，云云。

不治難治的奇難雜症，一定出現許多稀奇古怪的偏方，絕望之下，沒有什麼不可以相信，什麼都敢拚，香爐灰尿都喝了，還差那蟑螂粉？更何況，《本草綱目》也的確提到過咳以蟑螂入藥，功效在疑幻似真之間。可是，化妝品，就真的沒有其他選擇了？

把蟑螂的殘骸往臉上塗，我只想像到畫皮的畫面，好像一不小心，就有咖啡色的翅膀碎屑從皮膚上剝落，然後露出蟑螂胸部的假眼盔甲。也想像到另一個關於愛美的寓言。

你若愛我，就不嫌我醜，何況今天我的臉有種異樣的光澤，何不吻一個？然後有一隻蟑螂飛過，你大驚失色，我告訴你，有什麼好驚慌，我這活色生香的臉龐，其實也有蟑螂的纖維，你不是著重外表嗎？外表看不出來的成分，你又何必計較？你吻過了蟑螂的細胞，跟吻過了我的毛孔有什麼分別。真從放大鏡看，已成灰燼的蟑螂，還不夠放大了千倍的毛管皮層那麼驚嚇吧。而所謂浪漫，落花不是無情物，化作春泥更護花，蟑螂雖然長得不怎麼樣，屍骸卻一樣由醜而昇華成美。說到底，這就如紅樓夢裡，朝思暮想的，一番轉臉，原來是個骷髏，你覺悟了沒？早知如此，你還會不會豁出去，吻下來。

對，不腐朽不成養分，你吃下的一切，如無農藥，則必然比糞溺香不了多少的遺骸，你照樣吃得津津有味。既然大家都是外貌協會會員，皮相的來源，要斤斤計較，豈非自尋煩惱，自倒胃口。

既然有人為了一啖奇香，不介意喝貓屎來的咖啡，你也不用介懷蟑螂粉臉，眼不見為淨，只以眼見為憑。

又好比屍油，為了不得已的理由，將之提煉成落降頭的原材料，也不管有效無效，你聽了就先毛骨悚然。若我告訴你，你今天在用的香水，是從屍油加蟑螂卵殼精科學精製，你還會喜歡那香味嗎？你的鼻子不會騙你的嗅覺，你心裡的偏見卻會左右你的正覺。

話是這麼說，我的手卻已經發抖得寫不下去了。

2013.10.31@香港中文大學邵逸夫堂

講座主題——詞人的書單

今天要分享的並不是要推薦一個書單，因為每個人的興趣不同，我很少向別人推薦書，萬一遇上不是有閱讀習慣的人，而推薦的書又不是他感興趣的範疇，以後他一見那書就被嚇怕了。所以，我必須強調下面提到的書，只是用作舉例來談談我的閱讀方法及心得。

「詞人的書單」，那我先快速講解自己閱讀（課外書）的簡史。我本身是一個較早熟的人，由小學三四年級開始閱讀，到初中時已十分認真地讀書了。記得中一第一本看的小說就是《三國演義》，不單早熟，而且與填詞亦沒有什麼關係。

我是在中四開始對填詞產生興趣，那我又會讀什麼書？隨便叫場內的人猜猜，多數都會答亦舒。亦舒既是愛情小說女王，書裡又有好多金句，很實用。如果音調合適，甚至可以直接把金句填成歌詞。那時確閱讀了大量的愛情小說，先是亦舒，再到亦舒的師祖張愛玲。曾有一段時期，和另一位張愛玲的書迷，平常對答愛用張愛玲小說的句字。例如有次我約了他上街，他穿了一件鴨屎綠色的衣服，我就說：「你穿得像一瓶藥水，是否想來醫治我？」他就說：「我們別顧著談戀愛，反而沒有時間戀愛。」反映那個時期的我，確閱讀不少這類的愛情小說。

當然，那時也閱讀了很多古典的詩詞歌賦，以及一些現代新詩。如早期的臺灣詩人，差不多說得出名字的，我都讀過他的作品。由余光中、瘂弦開始數下去，數之不盡。當中為我帶來最重要啟發，正是昨晚在博群書節跟大家分享的——北島。我帶了一本北島的《北島詩選》來現場，我刻意挑選了一個比較舊的版本，是一九八六年的版本，亦即是朦朧詩最風行的時候；那時候我在念大學，北島對我的啟發很大。

北島作為一個朦朧詩派，是有影響我出道時填詞的風格。以北島一首很經典的詩，其中幾句：「很想回憶，未敢忘記」、「卑鄙是卑鄙者的通行證，高尚是高尚者的墓誌銘」，簡直叫我驚為天人，單單這幾句詩已可帶來無限延伸的可能。我覺得寫歌詞時可以把新詩風格吸納到流行歌詞裡，是一件非常痛快和過癮的事。

至於古文詩詞對我的影響，怎樣將古典文言文、文言詩融入流行歌詞，成為歌詞其一修辭法，例如「春風又綠江南岸」，把「綠」字變成動詞，就如《人間詞話》所說，把整個畫面都呈現出來了，這都是寫詞很基本的技巧。

因為我在大學是念翻譯、中文和英文，正式修讀過語音學、修辭法、修辭學。不過老實說，這些學科，特別是語音學和修辭法，我都忘記了。或許，完全忘記是最好的，就像太極，所有招式已進入我心，自可忘掉所有招式，不用佔用腦袋的海馬區，反而更能運用自如。

對於別人認為是以寫情歌為主的流行文化創作人，大家也可以參考一些我視之為工具書的書籍，如之前談過亦舒的書，就是讓你投入一個世界，取得戀愛的二手經驗，因為一個人基本上是沒有可能談很多次戀愛，故只能夠從張愛玲、亦舒、張小嫻、深雪等的作品裡取材。

另一類工具書，當然包括羅蘭．巴特的《戀人絮語》。《戀人絮語》裡把許多關於愛情的碎片概念，寫成一段段很精警的解讀。這本書是寫情歌必備的，很值得推薦，如果沒有寫作點子，想不到眼淚還有什麼其他的演繹方式，就可以翻閱這本「戀人字典」。

無論是基於好奇或上進心或職業所需，我曾看過好些關於創意理論的書。例如很有名的創意大師，不，他是一個創意理論的大師，本身卻其實沒有創作經驗，卻創造了許多創意理論，後期有本著作叫《Simplicity》，全書二百多頁，看來也不算追求簡約吧！但我就是這樣笨，有讀過。其他著名的經典理論如Six Thinking

Hats，即我們思考時有紅黃藍白等等六種顏色的帽子戴在腦袋上；之後好像又增加至七頂帽子；亦有看過有關Mind Map這些理論的書。我覺得當你看過這些創意理論的書後，覺得有用就有用，沒有用就可以拋棄。正如剛才所說，作為一位填詞人，難免會看一下修辭學及創意理論的書；但如果每次創作時都在想：「我要戴這頂綠帽、黃帽，然後又到紅帽」，那又怎可能有創意呢？不用想都會知道，你創造出來的只會是很機械化的塑膠品。

看了這麼多後，反而推薦不如看一本更即食更「雞精」的工具書。這書作者是誠品書店的前企劃主管，名叫李欣頻，她撰寫過許多類似的書籍。曾經有段時間，我會放她寫的一本書在身邊，可以隨時拿出來翻閱。那書名叫《誠品副作用》，結集了很多誠品書店用作廣告的企劃文字。這跟歌詞有什麼關係？當然有關係。你想想，全世界最難推銷的是什麼？不是唯一，但肯定是其中之一叫「書」，能夠令你墮入圈套，認為這書好看而出手買，確是十分艱難。此書文字十分精煉及準確，還集結了很多可以吸引別人眼球的書籍文案，怎能不讀讀。可惜此書現在已絕版了，買不到了。

另外，看政客或政治人物演講的結集，讓你知道真正的修辭法，勝過你閱讀一些有關修辭學的書籍，其中一本堪稱天書的《The Penguin Book of Twentieth-Century Speeches》，就編集了許多邱吉爾著名的演講。不過，我建議大家閱讀英文原版，經過翻譯有時會失去了語言的魅力，明白什麼是具煽動力量的演講，了解為什麼有那麼多人被政治人物操弄？

接下來，我想跟大家分享自己的閱讀心得，也是閱讀方法，基本上與書是哪類型沒多大關係。

閱讀，當然要按個人喜好，由引起共鳴開始……但開始不是終點。閱讀若只想這麼簡單地追求共鳴，其實你並不需要閱讀，只要登入互聯網的討論區就可以了。

目前大部分討論區具爭議性的議題都是非黑即白的。你若站在白的一方，那麼你就去看白的留言取得共鳴；你若站在黑的一方，就去看黑的留言；如果你站在左膠的一方，你便去看左膠的留言，一定會覺得精神為之一振。

我的第一個閱讀心得，就是先不要談心得。到訪過我家的人，如果不是讀書人，見我家整幅牆都是書，就會問我：「真的能夠把全部書都看完嗎？」這問題其實很討厭，還需要答嗎？當然看不完了，你在耍我嘛。我沒有正式統計過，但大概都有五、六千本書，看來窮盡我一生的力氣，以及我現在一把年紀已經去日苦多，應該是怎也不會看得完了。然而，我一個很重要的閱讀習慣，就是用書來傍身，沒錯，我不是用信用卡來傍身的。我買書的習慣是到書店時，對那時自己有興趣研究的範圍，就像徐小鳳在電影《最愛女人購物狂》裡買衣服那樣，把一整排的書一次過掃光，把整個系列搬回家裡。當然是看不完啦！但為什麼要這樣買書呢？因為這樣才可以讓我實踐一種頗有趣的讀書方法，就是「誅連九族」或「串連法」。

究竟看書要怎樣串連呢？例如，當我無意間讀了黃仁宇的《中國大歷史》，此書描寫秦朝兵馬俑的規模，兵馬俑中的陶俑每一件都是獨一無二的，以此帶出了許多中國人性格的特徵。當我看到「中國人性格的特徵」時，就引起連串思考，突然間感到好奇，這個反映在陶俑上的中國人性格的特徵，同樣作為個人的個體，從來中國人的自我及個人的存在感，相較西方低落，但呈現在藝術作品上呢？當刻就找出一本我早已買來傍身的書，就是蔣勳寫有關Michelangelo破解密碼，看看西方雕塑家或從事美術工作的人，作品又呈現了怎樣的性格特徵。這就是所謂「養書千日，用在一朝」。

我再舉個例子。有次媽媽問我：「雍正是否真的擁有血滴子這種武器，能夠隨時飛出去殺人？」然後，她又問雍正是否真的搶奪了皇位，即是傳說中所謂「傳位於四皇子還是傳位於十四皇子」這個千古謎題。這個課題，亦可以引發有趣的串連，這個傳聞、千古疑案就像一齣偵探片。那時候，我能夠流暢地向她解釋，都是因為曾經串連看過相關的書。

我先看了一位臺灣歷史學家丁燕石所寫的《這一夜，雍正奪嫡》，這書雖挺沉悶的，作者極詳細地把從中國的第一歷史檔案中查出來的資料，不斷地引述，引述的資料比內文還多。書大部分內容是分析雍正和康熙兩個人的性格，然後穿針引線探索雍正有無可能非法地爭奪到皇位？更重要的是，這書串連我認識一個以前沒接觸過的西方歷史學家——史景遷，他寫了一本以康熙奏摺上的批文和發過的諭旨來研究康熙這個人的書，臺灣版叫《朕》，內地版本名為《康熙》。當我回答媽媽的問題時，能夠驕傲地引述這些資料，包括很多野史。記得有次看央視據野史拍的紀錄片，提到康熙病危時，雍正拿來一碗參湯給他喝，而那碗參湯是有毒的。當我看到這個「紀錄片」，那一刻感到十分「驕傲」。作為一名讀書人，已經讀到對康熙的事滾瓜爛熟，清楚知道：康熙一輩子都不會喝人參湯的。康熙對中西醫都有所涉獵，清楚自己的身體是寒底還是熱底，他一定知道人參並不適合自己，所以雍正是不可能讓他喝人參湯的。

舉這個例子是用來說明，把書本串連上來，讓我認識到史景遷這位歷史學家，而他所寫的東西十分有文理，亦很可信。

有一次我要為一部歷史劇《一生為奴》的主題曲填詞，這齣是關於清朝恭親王的歷史劇。雖然對於這段歷史已有一定的認識，但畢竟要再深入一點了解。劇本大綱是說恭親王和慈禧太后有一段情，到底這段感情是否真實存在過，正史當然不會提及。幸好當時我有丁燕石的《這一夜，雍正奪嫡》，就像之前所說，我會把與丁燕石相關的書都買回來。湊巧書架上有丁燕石的《這一朝，興也太后亡也太后》，「興也太后」即孝莊皇后，「亡也太后」即慈禧太后。丁燕石所寫的歷史書雖然沉悶，但是資料亦特別詳細和可靠，我就從中翻查恭親王和慈禧太后究竟有否私情。這和寫歌詞本身沒有什麼關係，但這就是一個很有趣的閱讀串連。

閱讀心得的第二點，是關於讀書的一句俗語／成語或金句，就是「讀萬卷書不如行萬里路」。在這裡先呼籲大家：凡是金句都不要當作九九九足金來崇拜。「讀萬卷書不如行萬里路」的問題，我認為是何必要作比較？說什麼「不如」，兩件事一同進行不行的嗎？問題是兩者一同進行，要先進行哪一樣？自己的體驗是：沒錯，很多時候我們都是先看到海的圖畫，然後才會看到真實的海，我們很多時候都是先看到故宮的圖片才會到訪真實的故宮。對我來說，我覺得到訪故宮之前，若能先讀萬卷書，然後再遊故宮，才不會白費。年輕時，我曾上過兩次黃山，黃山最有名的是它的雲海，什麼迎客松、送客松，當時我就像一團飯，因為沒有看過有關的書籍，沒有任何認識，只是用一個最原始的自己去親身感受黃山的雲海松風；後來回想，就覺得十分可惜。現在一把年紀，終於對松樹的品種、松樹的姿態、有什麼名堂等等有比較高層次的認識，但以我現在的體力，上到黃山可能只顧著喘氣，已經沒有足夠的力氣去欣賞這些東西，亦走不遍那麼多的景點。所以我覺得，雖然讀「萬卷書」、「行萬里」是兩回事，但是在親身經歷前，如果能夠從書本先得到相關學問，自是更好。

當然，我閱讀純粹是為了興趣，而不是抱有功利心。如庭園設計的，我向來愛看有關建築的書籍，但是中式建築、中式家具及中式庭園的書籍，確又是近幾年間才開始喜歡。看這些書有沒有用？在看的時候，當然不會想到讀完這些書的若干年後，湊巧就要寫一首關於園林博覽的主題曲。老實說，寫一首園林博覽的主題曲不用看這麼多書都能夠寫成，只要到維基百科看看一些庭園的簡單資料就夠了。不過，看這些書會看到其他很多有趣的事情，讓我更加確認，所有學問只要研究得夠深入，都存有共通的道理。例如有本由明朝人寫關於花鳥蟲魚的書，內容很瑣碎，其中一句卻很有名：「石無苔，則無韻；花無蝶，則無趣」。石頭沒有青苔，就沒有韻味，花沒有蝴蝶，就會變得無趣。為何石頭沒有青苔就沒有韻味？我對此產生興趣，於是去發掘以前的卵石究竟有多少款式？青苔是如何形成？然後我在家用石頭培養青苔，發現原來很困難，後來再翻看資料才知道青苔也有很多種類。看書才發現其中的設計來源及背後的學問，如果有意打通的話，其實是可以打得通的，甚至可上通至《易經》關於陰陽平衡的道理。中式庭院的設計，除了講究一條中軸線外，為何中式庭院永遠沒有一條走廊是完全直線的，因為直線的話，就如「石無苔，則無韻」，曲浪的存在帶出韻味。話說寫完園林博覽那首歌後，我需要出席一個不太想參加的招待會，記者沒有什麼好問，只問些挺普通易答的問題，其中一個問到大會要求這首歌是要很「大氣」，即氣勢磅礡，如何能夠在一首歌體現到這種氣勢呢？明明是在談園藝博覽，無緣無故問到如何在歌詞中體現氣勢磅礡？這問題是關於創作理論，我覺得直接回答有點不夠學養，所以我就回答：所有庭院設計都關乎陰陽平衡，沒有「陰」就無法凸顯「陽」的重要性，並引用了「石無苔，則無韻」這句話。石頭本身的質感十分硬，但僅僅是硬的話就可能會失諸單調，如何可以顯出石頭的質感呢？就是需要一些比較軟、曖昧一點的青苔，這是一種對比。正如要寫一首歌，如何做到大氣？就是在正歌的部分「小氣」一點罷。先做一個細緻的鋪墊，然後在一個有力的承托下，副歌就自然顯得「大氣」。如果我在正歌已經寫得像十號風球，到副歌的時候就會不成大氣了。剛剛所說的是一些創作的理論，與一些關於庭院、花鳥蟲魚的書，到最後都是可以互通的。

以往我對中國山水畫不太感興趣的，較偏愛外國的藝術多點，因為那時覺得每一幅山水畫畫得差不多，就是山與水，什麼叫「留白」？大家都懂得講的，但是否明白背後的藝術。後來我填〈留白〉歌詞可以填到這樣子，的確是需要養分；但如果想要敷衍或者忽悠，其實不用學習什麼或怎樣「留白」都能寫出〈留白〉這首詞。

大家看一下我後面這幅畫，是宋朝范寬畫的，如此磅礡，就是臺灣故宮鎮館三寶之一的〈谿山行旅圖〉。我初看此畫就覺得非常震撼，其實也不用解釋太多，就是覺得好看。在我未閱讀此畫相關的書籍前，就只能夠好像在網上討論區或跟朋友討論時，變成一隻「小學雞」般解釋為什麼好看，「就是很好看啊，不信你看看」。討論區有時在分析一首歌寫得好不好的時候，只說歌詞寫得很漂亮，歌詞很棒、很讚；或者在看不明白時就是「文理不通」。人是需要長進的，我自己是不會停留在這程度。覺得好看的話，反會問究竟為什麼好看？哪裡好看？是因為自己特殊的癖好，還是因為它能勾起我某些愉快的回憶？我都會去研究一下。

我曾看過一本關於中國畫的書——《水墨十講：哲學觀畫》，作者談及很多很複雜的東西，包括天地人和、一元二元論，又有留白的理論等，沒有興趣的千萬不要看。其中講到范寬的〈谿山行旅圖〉，「所呈現者並非一般情調式之山水風景，若言其山如何，其水如何，皴墨又如何。很難說清楚其巨大山石會那麼打動人心的根本原因，要言之其所真表，力量而已，而且是那隱藏在個別物後面，並包含一切真自然宇宙自體性的力量，也一如藝術家以其大想像力所發現之生命自體性的力量。它之所以會打動人就在於那種自然本質性之穿透力，同時也靠自我本質性之透徹力，使它和它一切形成的結構成為不可分的一環。」

大家明白我在說什麼嗎？我看的時候也不明白，因為它很詳細地談一些關於結構和哲學的東西，不明白以至不滿足，我又到書店掃貨了，一看到關於研究用筆、水墨畫的技法，包括庭院之中的山、石、溪流、鳥、花、蟲以及山水畫之中的樹、山、水、泉、溪、河流，各種各樣的東西，也買一些分析這些畫的書，直至找到滿意的答案，解釋到為什麼我當時看〈谿山行旅圖〉會覺得很好看很震撼。記得在掃的書中有一本提到山水畫很講究比例，范寬這幅畫大概用了三七比例。七，就是遠處的山峰，三，就是下面山的近景。下面就是很細緻的一些近景，有樹，有一個人騎著馬走過。在這樣的比例下，「七」的比例有一種壓迫感，自然就會覺得這個山：嘩，這樣壓迫過來好好看。如果是按西洋畫實際的角度和大小比例，那座山其實不應該這麼近的，但是根據這個比例，這幅畫的反常反而顯得這座山很有《水墨十講》所談及的力量，力量就是從此而來的。老實說，如果你不去看書，單靠看這幅畫而能夠解釋或談到這幅畫給你的感受，並不容易，這種閱讀是不可或缺的。

上述舉的例子，表達出閱讀讓我了解「比例」，這兩個字其實可以引申到很多事情，例如關於創作，關於經濟，關於政治，關於愛情關係，關於什麼都可以，比例決定一切。

什麼叫「讀書的態度」？常聽說「拜讀」別人的書，我自己閱讀就不會抱持「拜讀」的態度。拜讀是拿著書：「嘩！」我以前看過一本書叫做《Read A Person Like A Book》，即看一個人好像閱讀一本書這樣；不過，反過來說 Read A Book Like A Person，一樣是講得通的。會寫書的人，就算是所謂的聖人，都不需要別人拜讀的。一個民族為什麼會變成了愚民，就是因為每逢看到書和聖人就會拜讀，就會成為一個被奴化的民族。我提倡三個字，就是要「藐住讀」，我想講的就是要保持警醒的態度去閱讀。

看書最終的目的……我的記性十分差，有許多書籍內容我都不記得；閱讀了這麼多書後都忘記了，那不是很不划算嗎？不會的。讀後，書會進入心裡，忘記也可是你已消化內容，日後運用出來亦已化成自己的意念，就像「吸精神掌」，你說多划算呢！

當然，也有時候因為讀得太多書，好些細節已不小心記下了，例如蘇東坡是何時去世，農曆和西曆我都記得，但是記得這些細節是沒有用的，我只不過是湊巧記得而已。又例如剛才說康熙的死亡是在一七二二年，即是康熙六十一年十一月十四日，我有個朋友十一月十一日生日，之後的三日，就是十一月十四日。我們閱讀歷史書不是為了記住這些細節，我們剛才看那一幅畫亦不是為了要牢牢記著三七比例。閱讀不同範疇的書籍，最終是為了訓練自己成為一個有獨立思考、有判斷力的人；所以這種「藐」住閱讀的態度，一是挺過癮，二是必需的。

我很喜歡看歷史書，讀時就像一個皇帝在後宮翻綠頭牌，一本本放在面前，當我突然想研究一下……我一直都很羨慕乾隆皇帝，做皇帝很疲累，當然不會羨慕，我羨慕他能夠摸到這麼多古董，他還是八十九歲才去世。你想研究乾隆，只看一本書當然不足夠，要「後宮佳麗三千」都在場，如這陣子我在讀臺灣作家高陽和內地作家閻崇年，他們都寫過清朝十二位皇帝，詳細得像磚頭般厚的書，還有《清實錄》、《清通鑑》及《清史事典》系列來作後備，看看哪一個版本比較有趣及可信，輪流看。

我提到可信，就是為何要抱著懷疑心態來閱讀，尤其閱讀中國現代歷史時，我永遠什麼人都不會相信，當中讀了好幾遍的如唐德剛的口述歷史系列。他頗反對蔣介石，在寫滿清到民初史時，常常把毛澤東和蔣介石來作比較。然而因為他寫得太生動了，令我懷疑他是否跟蔣家的政權有私怨，之後到美國才會這樣寫呢？故更要中和一下，查閱我剛才說過因對康熙有興趣，串連閱讀而認識的史景遷這位外國歷史學家所著的《追尋現代中國》系列，從一個洋人漢學家的觀點出發，由晚明寫到中國人民共和國成立。我看時當然仍會抱著質疑的心態，畢竟這算是美國的觀點，是外國勢力，可能會別有用心；但是不要緊，我再參考臺灣以及內地的書籍，就可以得出一個自己的判斷。

抱著懷疑去閱讀是需要的，特別是閱讀歷史，先不說正史，就算我特別深入研究的蘇東坡。市面有關蘇東坡生平的書以及詩詞集我都差不多齊備，他所有生平及那些很無謂的如蘇東坡人生突圍之道等等的書，我都差不多全讀過。關於蘇東坡的生平，如果不是抱著懷疑的心態閱讀，或者像皇帝選妃一樣讓每本書來爭寵，讓不同作者各自表述自己的觀點，我不會留意到當中的分別。蘇東坡在王安石變法中，他算是個保守派，不屬於王安石變法黨；我發覺凡是內地作者，就著變法對蘇東坡的評價，都形容他是固執及不懂變通的。沒有辦法，對於王安石變法，內地官方立場是支持的。

除了歷史類書籍外，還有大量的心靈和宗教書籍，我本人都會抱著一個懷疑的心去閱讀。例如心靈類書籍，外國出版了許多關於如何過簡樸生活的書，如果不抱懷疑心態去閱讀就很容易中計。試想像外國的居住環境，普通草根階層所住的地方都比香港的偽豪宅大得多，他們的垃圾房等於市建局發展出來的一層豪宅，你跟隨書中所謂的簡樸生活：生活要簡單一點，睡房只要三百呎就足夠了。不要開玩笑了！閱讀後只會令你心靈沮喪。與其是這樣，我們懂得選擇就應選日本很流行的系列——斷捨離，因為東京或日本和香港的情況差不多，居住環境都是慘無人道、比劏房只大一點的「豪宅」。

我有另一個系列的書，是用一排獨立書架來放的，就是關於老子和莊子的書，包括所有不同版本，如王蒙的《老子的幫助》、《莊子的快活》，我都有買，閱讀時也是抱著懷疑的心態。既然懷疑，為什麼還要買來看呢？因為我的樂趣已不是書的內容是否對我有幫助，而是在抱著懷疑，尋找有沒有讓我挑剔的地方，那才可以鍛鍊獨立思考，並建立自己的觀念。例如王蒙在書中談到老子的《道德經》：「夫唯不爭，故天下莫能與之爭。」，作者的演繹是：「這一章是會引起爭議乃至抗議的，因為老子只講委曲求全的道理，全然不講抗爭，不講知其不可而為之的執著，不講我不下地獄誰下地獄的使命感，不講寧折不彎的氣節，不講犧牲獻身的不可避免與當仁不讓，不講甘灑熱血寫春秋的壯志豪情，沒有英雄主義與壯烈精神，它甚至涉嫌苟且偷生的懦夫哲學。」竟然會這樣理解老子「夫唯不爭，故天下莫能與之爭」的道理。既不看前文後理，又不看應用範圍，這豈不是等於我拿著一句聖經金句如《羅馬書》說的我們要順服掌權的人，那麼你就一直順服下去；我不認為這是神的旨意。至於《莊子的快活》，大家知道莊子是談逍遙，王蒙就說「然而」，他一定會用這樣的字眼開始，「必須知道的是，這是比較唯心論的一種消極主義。」閱讀這些內容真的是完全沒有幫助，但是當你是「藐住看」時，那就給予讀者在反駁作者觀點中獲得莫大的樂趣。

很多人會說「書呆子」，即讀死書，是會發生的，讀死書會讀書死，主要成因就是不懂得抱著懷疑地閱讀。當你看完其中一本談《論語》的書，作者若是一名「孔粉」就會替孔子平反；若作者只是個沒有什麼觀點或立場的作者，你讀到的可能就會截然不同。如果你是一名書呆子，讀王蒙寫的東西，我提他並不是針對誰，我是對事不對人的；但你若只讀了王蒙的《老子的幫助》，你對老子的觀點就會變得模糊一點了。

此外，我也閱讀很多理論性的書籍，如呂大樂一本有關世代論的《四代香港人》，我假設他將來會推出香港的五代、六代、七代人。在閱讀過《四代香港人》之後，建立了對於世代論的一個基本見解後，要怎樣才能夠不讀死書呢？我們閱讀的書其實只是一個槓桿，讓自己跳到更高並能夠找回自己的世界，而不僅停留在書本的高度。閱讀呂大樂《四代香港人》後，若他推出五代人（即千禧世代／「零零後」之後的人）時，我寧願暫時不閱讀關於第五代人的舉例和論述；反而爭取機會，先從自己的生活體驗或其他真實的體驗，了解五代人的價值觀和生活習慣。只有這樣才能夠訓練自己在閱讀後，從書本跳出來。尤其是現在很多非黑即白的爭論，你看這一邊的時候，就會覺得這一邊有道理；看另外一邊的時候，又會覺得那邊有道理，各方都列舉了很多引申於各自理論的個人例子以及感受，這些都是很容易煽動別人的。如果嘗試閱讀理論性的書籍後，暫不去閱讀一些理論性並帶有作者個人看法的書籍，跳出來才能印證書的內容，並讓內容從腦袋進入心中。如早期論述自由經濟的書籍 Adam Smith 的《國富論》，說到只有自由市場才能夠釋放每個人最高的生產力。讀過此書，發現報章上很多人將書中的市場論及新自由經濟主義放在香港的環境作論述。當你在讀過這些經典，建立了理論基礎，嘗試先不要看那些社論。因為社論通常會有既定的立場，你看不同的報章會有不同的社論，說明我們活在媒體的世界裡，我們很容易會受其影響，要建立一層防衛網完全擋去其影響是不可能的，故我建議閱讀要有所「揀擇」，你不要那麼快看關於現象的書，自己先從資料上分析。不是說一直不看，而是不要太快看。

來一個總結，畢竟今天是分享心得。這麼多書當然是不可能全都讀完，我們要先學懂一個竅門，判斷哪些書是值得看的。許多人會追隨潮流，看哪些書有很多人推薦或者銷售排名較前的書。最近經過書店，看到有一本書叫做《Antifragile:

Things That Gain from Disorder》／《反脆弱》，這書風聞已久，他的中文譯本非常厚。我閱讀序言後發覺不對勁，所謂Antifragile反脆弱……是堅強其實未必代表什麼（等於是老子之道），過分強硬反而很容易會折斷，與其要堅強，不如提出一個新的概念——反脆弱Antifragile，不盲目地強調堅強。我一看就覺得只是從已有的概念創造出來的「新穎」字眼，再加例證不斷鋪排。這本書那麼厚，如果薄一點我都或許會讀讀，人生有限，所以我就不買了。

最後，不得不提的是，有一種書，我曾經非常仔細地閱讀，就是字典，是否很可怕呢？其實沒什麼大不了。因為我深信，機會是留給有準備的人。當年需要與臺灣的唱片公司合作，有機會寫國語歌詞，所以就把國語的字典整本閱讀了。儘量記住一些比較少用的字，學懂國語的讀音，因此有些經常會用到的書面語，我反而是懂得國語而不懂粵語怎讀的（在這方面我完全是沒有輕視廣東語和香港的意思）。我舉讀字典這個例子，就是希望大家能夠共勉。

問題❶：

最近聽陳奕迅的〈任我行〉，第一、二次聽到「天真得只有你，令神仙魚歸天要怪誰」時感到疑惑，不明白是在說什麼，禁不住不停播放，播了很多次，終於聽得明白這歌曲，就感到很感動，很久沒有試過聽一首歌會這麼感動。想問到底「神仙魚」是怎樣來的？

答：「神仙魚」其實跟讀書也有關係。我在中三時開始喜歡養魚，於是閱讀了許多有關水族館、養魚、各種生態環境、如何自成一個生態系統等等的書。大家大概知道〈任我行〉這首歌表達什麼，對吧？（眾人拍掌回應）這樣就錯了，就搞錯了。我希望大家不知道我在表達什麼。〈任我行〉對於社會、人際之間種種的自由，究竟是屬於一種妥協，還是不甘心呢？我希望把答案留給聽眾或讀者去思考，所以大家如果說知道我想表達什麼而拍掌的話，就顯然是拍錯了。讓我先繼續談談那條神仙魚吧。

「天真得只有你，令神仙魚歸天要怪誰」究竟是怎樣來的呢？要寫像〈任我行〉具有如此複雜層次的歌曲，需要一個比較吸引人的開頭，譬如設計一些比喻。我就挑選了一條神仙魚做比喻，為什麼不是選鯇魚、鯧魚呢？一來因為「神仙魚」音調適合；二來是看中「神仙」這兩個字，應該代表著逍遙快活和超越一切。不過，原來神仙都是會死亡的，當神仙離開既有環境，太過特立獨行的話……其實自由並非是沒有限制的，有時候我們過早放棄自己的自由，有時是不自量力地作出一些無補於事的超越。寫詞過程中我曾經想放棄使用「神仙魚」，因為讀得太多，知道得太多。我在詞裡寫把神仙魚放生到海灘之後會死亡，大眾所理解的神仙魚，是一種熱帶的淡水魚，然而我知道珊瑚魚之中都有一科叫做神仙魚，Angel fish，包括七彩毛巾、皇帝神仙、皇后神仙，如果是這樣寫就會不合理。不過，我打賭一般人未必會知道珊瑚魚中有一個科目叫做神仙魚，打賭不會有許多人看過某些野生紀錄片，結果這條神仙魚最後成功過關了。

問題❷：

你曾給黃耀明寫過一首歌叫做〈身外情〉，有一句歌詞是：「原諒我不記得忘記」，這首歌本身是電影《大隻佬》的主題曲，我覺得這句帶著一點「我執」的感覺。而到〈任我行〉的同一專輯中，你寫的〈失憶蝴蝶〉，最後一句歌詞是「不用再記起怎去忘記」，我聽到這一首歌立刻回憶起黃耀明那一首歌。想問這些年來，是不是由一種帶有少許執著的感覺，進化到「不用再記起怎去忘記」的層次，變得豁達不少？

答：我寫的不同歌詞，當然會反映不同階段的想法，甚至會互相矛盾的。剛才所舉的例子，「原諒我不記得忘記」和「不用再記起怎去忘記」，就是兩個不同的境界。然而，如果大家想以此閱讀我真人的思想變化，是不夠準確的，因為有些歌需要合乎劇情，就像《大隻佬》裡張柏芝在紅燈前不甘心到幾乎想斷輪迴，而我亦需要因應歌曲的情緒需要……當然作為一個創作人，我本身不是一個純粹接收指令辦事的執行者，我都希望從不同的角度去反映不同的情緒、不同的看法，這個世界才會更加立體。但歌詞所提到的，也未必是我完全認同的一種觀念。寫歌詞，就如你閱讀《紅樓夢》，書裡也描寫了不同類型的人，像劉再復的《紅樓人三十種解讀》；所以，歌詞也可以描述一千種人生觀、一千種不同角度的性格和遭遇。我不認為兩首歌詞所寫的意念有層次高低或進化了，只是在不同的時候表達不同的觀點。

問題❸：

我想請你幫忙解釋一句你寫過的歌詞，是我和我的朋友也很喜歡的，就是「毫無代價唱最幸福的歌，願我可」。你甚至還出過一本書是用這句字成為書名，所以我更加想知道。

答：不明白這句歌詞也可以喜歡？真好。你的問題其實很簡單，「毫無代價唱最幸福的歌」，你看看陳奕迅唱到這裡時是多麼激昂。「毫無代價唱最幸福的歌」就像是一個陳述，但若我們懂得獨立思考，或是面對著真正血淋淋赤裸裸的人生時，試問一下世間上有沒有免費的午餐，是可以毫無代價唱到一首「最」幸福的歌呢？還要用上「最」字，「最」字其實最討厭的。毫無代價就可以唱最幸福的歌？現實根本不可行的，所以如我這樣一個很賤格的人，就在後面三個音配上「願我可」這三個字，這像〈任我行〉最後「人群是那麼像羊群」。你應該不是想我解釋唱幸福的歌為什麼會有代價，而是為何加一句「願我可」吧？加一句「願我可」其實就等於一個槓桿的作用，即是本來寫一句「毫無代價唱最幸福的歌」，好像理所當然，但原來是虛假或是騙人的鼓勵打氣話。隨便舉個例子：「市建局將舊區重建，為我們謀最幸福的居所」，聽來很無稽，背後當然要加一句：「你就想！」「願我可」在歌詞裡就起同樣的作用。「我就想！」以創作而言，是一種修辭，我不知道叫做什麼技巧，大家看《道德經》就會明白，往往運用了一種二元並存，而又互相矛盾的論述方法，「毫無代價唱最幸福的歌」後面再加「願我可」（我就想），就是這樣了。

問題❹：

我的問題比較八卦一點。你如何閱讀自己的作品？我之前看過一個訪問提到你希望流行歌詞能夠納入教科書的課程，既然你對中國歷史有興趣，你會怎樣把自己撰寫入文學史裡？例如看文學史會說柳永、聞一多等等，然而你的歌詞，題材風格如此多端的，究竟要如何整理和研究呢？

承接之前的問題，流行歌詞可能是一個感情上的宣洩，受到流行歌本身的形式所限制；你有興趣把平時研究所得去撰寫結集呢？

答：第一個問題是我如何評價自己，說我作品題材和風格很多元化，是的，都挺多的，我自己都不懂處理，出版社之前經常說要出版一本歌詞集，我都在想不知道應該怎樣處理，因為有很多種不同的風格，又有不同階段的看法，我自己都無從入手。你說我要怎樣評價自己，那就要學武則天說的，讓後世來評價，寫一個空白的墓誌銘吧。

至於會不會在寫歌詞之外，寫一些有關中國歷史的書籍，也有可能寫。但其實在我已出版的書裡，也有涉及歷史或時代的一些碎片式看法，你可以去買來看看，特別是《就算天空再深》，雖然不是直接有關中國歷史，但是比較集中在寫時事的。

問題❺：

你剛才提到不要讀死書，但是我覺得在現實是很難做到的，作為一名學生，我們經常都要交論文、考試、看很多參考書，沒有時間像你那樣博覽群書。入到職場後，又有其他事情要忙，工作上的事，又有壓力和時間的問題，所以我覺得這是非常難做到的。我在過去二十多年來都未能做到，相信在座應該都有不少人是這樣的，所以想問一下對於這樣的情況，你會給我們什麼建議？

第二個問題就是，如果將香港比作是文化沙漠，你會否覺得樓上書店，是沙漠中的一片綠洲？第三個問題就是，你對歷史很感興趣，那麼你會否考慮拍電視劇？

答：第一個問題是，很難不讀死書。是的，所以更要趁年輕開始，因為踏入社會工作就會剩下很少時間。我那天有個感慨，人們常常說那些電視節目很難看，我想回應：既然覺得這麼難看，你就去看書吧。老實說，如果要像我這樣看書就會十分傷腦筋，也很容易睡不著。下班回家後，已經很累了，還要這麼動腦筋嗎？有時間看書已經難能可貴，還要如我說的蒄住看？還要對比不同的書看當中的不同？我認為習慣要趁早培養，自然會有一理通百理明的能力。我有一個建議，「吾生也有涯，而知也無涯」，你沒可能看這麼多書時，如果沒有新書特別吸引你去看，或者你沒有足夠的動力去讀新書時，不妨舒服一點，再看曾經感動過你或者令你很有啟發的書。我有時候真的寧願重溫一些經典，重溫這些經典時就不用蒄住看了，因為之前看已經蒄完了，發覺沒有問題就不用再蒄住去閱讀了。有時我真的寧願重溫一些對自己很重要的書，多看三四次。

第二個問題。香港是文化沙漠嗎？誰說的？說香港是文化沙漠，多數都是香港人，最看不起香港文化的就是香港的文化人。我不認為香港是一個文化沙漠，香港文化其中一個好處就是沒有什麼包袱，可以沒什麼禁忌，以前的情況的確如此。樓上書店當然是其中一個很重要的綠洲，但談文化，我不認為只有閱讀，當你談閱讀文化的話，香港的確遜色於臺灣和內地。

第三個問題是我這麼喜歡歷史會否拍攝電視劇？喜歡歷史是不用拍歷史劇集的，不如你問我這麼喜歡歷史有沒有看歷史劇罷。拍得好的歷史劇集實在太少了，我看的時候都不是為了歷史而看，而是為了挑戰劇情而看，就是藐住來看。經常說閱讀和看電視電影的分別是，閱讀幫助我們不斷刺激思考，這一點我不是特別同意的。因為好的電視劇或電影都可以刺激我們思考，只是方式不一樣而已。不過，看電影和電視劇很少會看到一半或去到某個點就暫停下來，就算它能夠刺激你去思考一些事情，也很少特地暫停下來，「讓我先思考一下」；但是看書就可以在看到某個點時，隨時停下來消化，然後再繼續看下去，或者是跳到其他書籍，作一些參考對照。當然，我有點不一樣，有時候看一些值得看的電視劇，我會暫停播放後，再翻查相關歷史的細節，挺好玩的。我最高的成就，是發現電視劇裡康熙出場時，太和殿有乾隆所寫的對聯，它雖只出現了一剎那，但就讓我看到了。應該是劇組租用杭州影城拍攝時，布景沒有特別修改過。

問題❻：

不少人都覺得你的歌詞有時候會比較難明，對於這種說法你有什麼想法？或者你有否在某些作品嘗試作出一些讓步，令更加多人會看得明白？

答：首先要澄清一下，聽不明白不是必然可以用來邀功，以此顯得藝術性非常高，特別有意義是錯的。看不明白有兩個可能性：一是我表達得不夠好。我要承認有時我以為這樣寫就已經可以讓人明白了，但可能真的不足夠，我重溫時也會覺得在某段詞與詞之間補回一個交代會好些。也有寫詞時特意略過交代令思維跳躍一點，但當我再檢討時，發現那裡並不是為了跳躍，因為我的意念是自己構思出來，我一定是最明白的人，許多留白了的意念或橋梁，作為原創人覺得已經表達出來了，然而寫出來用這個字眼，或者缺少了一個助語詞，原來就會讓人不明白，那麼，這都是我的責任。

二是，不明白當中是有其曖昧性，或者一言難盡的層次，在這個作品中是必須的；只有在這個「必須」的狀況下，我才會覺得不要說是寫得不明白，而是你不能夠取得一個簡單直接的答案，也是合理的。就著這樣的情況，會否作出讓步令大家都明白？怎也不需要用上「讓步」這個字眼，我經常強調，有些事情不需要一時三刻就要明白，明白與否並不是直接問「你在描述什麼」就簡單得到了，就斷定那是不是好的作品。當然不是作品越寫得難明，就代表越好的，許多令人不明白的作品，正如許多遜色的現代詩，連作者本身都不知道在談什麼。我估計沒有一個作者會刻意令人不明白的。

問題❼：

我最近和朋友在開一間書店，我們討論時，曾經出現過一個這樣的問題：與其賣書，為什麼不去賣魚蛋？賣魚蛋的話，在旺角可以買幾十元一碗，但是買書的話，你可能要賣出幾十本才賺到幾十元。最後我們沒有一個很明確的答案，但是我覺得大家對書都有一種羈絆。所以我想問問你，覺得書或者文字作為一個文化或思想的載體比起其他的載體例如音樂、電影，除了快速之外，有沒有其他獨特的地方？

答：有許多不同的地方，當然到最後都是共通的，這是典型的官腔回答。關於魚蛋的問題，我首先要對你致以最高的敬意，自己開一間書店，今時今日逢是賣書的人都應該受到尊敬的。你說不如賣魚蛋吧，沒有錯，如果你有資本和時間的話，就不妨藉著賣魚蛋去獲取暴利，支持你的理想。在自由經濟城市賣魚蛋是沒有罪的，賣魚蛋來支持你賣書的事業，這才是好的做法。至於看書和其他的載體，如音樂和電影是很不一樣，不同之處當然不僅在於速度，例如影像的衝擊力的確是文字難以取代的。最簡單的說法，把小說改編成電影，是最直接容易理解的例子，某一個畫面，你用電影拍攝出來，老實說，就已經固定了那一個色彩、格調和節奏，但是文字能夠為你留下想像的空間。其次，電影除了用對白或畫面帶出一些抽象的訊息之外，還需要表達小說人物心態的描寫，書中有許多真的只是內心獨白和心態的描寫，如果演員的表情不夠細膩和豐富，一個眼神未能表達出這麼複雜的感受，如張愛玲所說的「原來你也在這裡」，那麼，你真的需要先看過原文，才會明白「原來你也在這裡」所表達的概嘆。「人生就像一個荒原，沒有遲一步也沒有慢一步」，這個意念要以電影拍出來，就需要靠電影的場面和動作，並合理的對白來推進，所表達到的事情以及途徑是不一樣的。我先以電影作為例子，至於其他藝術的載體……當然音樂想像的空間，就情緒化表達的層面是最為開闊的，真的是「任你行」，任你如何想像也可以。好的旋律有旋律背後的動機，這太複雜和詳細了，我們可下次再談。

問題❽：

你本身對於生命的了解是什麼？書有沒有幫到你去了解生命的意義？因為始終作為一名年輕人總會有這樣的疑問，請問你活了這麼多年會否有一些更深的體會？

答：（眾人笑）大家笑什麼呢？這個問題是十分實際，但又虛無，對不？你們笑都應該是因為聽到「活了這麼多年」，我的確活了逾半個世紀，人生、生命究竟是什麼，或者是為了什麼而活，在閱讀方面絕對是有一個很大的……不是說，書會給予你答案，但又真的可以給你方向。如果那些書是比較哲學性和宗教性，從理論上就更加容易引領你，你會找到自己對於生命的一個定義或目的。但是看一些夠深度的小說，一樣能夠令你明白人生是什麼。如果你想速成或直接一點，以我自己為例，看過很多佛教的書籍會令我更加體會到生命是什麼。但回到在未接觸這些書前，就在讀書時期讀過，但看的時候未必明白的詩詞歌賦，在教育制度下背過之後，你不記得也不要緊，原來它們已經進入了你的……不止是腦袋和心，還滲入了你的基因和血液。有次我發現，明明以前懂得背蘇東坡的《前赤壁賦》，可以在限時一分鐘之內把整篇背出來，當年懂得背出來時，對人生的理解是零，只是紙上談兵。最近一次覺得憤憤不平，把《前赤壁賦》重新背誦，發覺種子已在當年放進生命的土壤裡，暗地已開了一朵花出來，這叫做「暗花」。「自其變者而觀之，則天地曾不能以一瞬」，「自其不變者而觀之，則物與我皆無盡也」，這兩句提到生命存在的價值以及態度，以前沒有體驗，但當年還是背下來，慢慢就會消化。這個問題非常大。在眾多的載體之中，我絕對認為是文字（即是閱讀）最能夠幫助人找到自己對人生的看法。

等遍
所有綠燈
還是令自己
瘋一下要緊

每人心中該有一把花錢的尺

﹏彈藥就像生命時間，如果當初沒有糊裡糊塗的亂花，集腋成裘，夢想可能早就圓了。

每個人心中該有一把尺，用來量度消費，在付鈔時衡量一下，不光是值與不值，是算一下機會成本。

例如，一個很想買房的人，如果忍不住一時痛快，嫌手機上看時間不夠好玩，花了一萬元買了個手錶賞玩裝飾，那麼，他就要想想，哦，本來可以買到一平方呎的房子了。哦，這例子不好，房價太貴，每方呎這樣算來算去，即使把什麼東西都兌換成呎數，也換不了多少尺軀之地。

買房子是畢生最大投注，跟這把小眉小目的尺無關。還是把尺度降低一點，從個人小愛好，可以用錢買來的小確幸出發：喜歡喝普洱茶，又喝得講究的，會把價錢還原成一磚磚普洱茶餅；每次想買一些其實並不特別喜歡，沒有必然要買的東西，都可以拿出這把尺，一量度，啊，這又不見了六分一餅普洱了。

大陸的名牌雪糕很貴，人民幣三十多元一小球。有次三個人逛著逛著，有個人忽然興起，想吃雪糕，這樣一吃，每個人吃了三球，始作俑者很大方請客，結果差不多三百元埋單。我明明記得，他之前看上過一個小巧精緻的紫砂茶壺，算不上什麼上品，但確實喜歡，可又怕茶壺會摔爛，猶猶豫豫之間，說再考慮考慮。

沒錯，茶壺會爛，可是雪糕融化得更快，爛在肚裡更迅速，停留在舌尖上的快慰，怕更是一瞬間也夠不上。當然各人有各人所好，有人願意花一千元買幾分鐘的口腹之慾，有人只捨得把錢用在不那麼快腐朽之實物，每人的尺不一樣。這個請吃雪糕的善長，如果當時量度一下，可能就要求各付各的，甚至放棄忽然想吃雪糕的念頭。另一個可能性是財都破了，事後才用尺一度，一不做二不休，索性把那茶壺也買下來，無端吃掉了三百塊，也不差那會摔破的三百元了。

以前曾經迷上一種琉金金魚，又長又寬的尾巴散開來像一把扇，美麗得很；可是魚命比茶壺壽命更無常，一直不敢輕易出手。可是一路把錢花得零零碎碎、無無謂謂的，常常就會感嘆，哦，又無端端損失了半條魚尾了。

後來愛上收集日本人的高複製古畫，更愛動用這把尺去量度一切必需的不必要的消費。每個月的電費，又耗掉了半呎的富春山居圖了；買了本磚頭似的書，原來不大好看，怕也不會看完，這樣又損失了半呎韓熙載夜宴圖卷。

心中常懷這把尺，其實也不為節儉，精打細算到這地步，儲回來的彈藥，想比起浪費掉的精力心神，更不划算。這把尺，最終不過是量度出每個時期不同的喜好、不同的價值觀；還有最重要的，彈藥就像生命時間，如果當初沒有糊裡糊塗的亂花，集腋成裘，夢想可能早就圓了。

沒有回不了頭這回事

〰 回不了頭，真有機會給你回頭，而且不斷循環如動聽感人之單曲，以後，怎麼辦？

不過是吃頓飯而已，這話也不能亂說——有沒有得吃，吃得怎麼樣，可以是改朝換代的歷史推手；吃，才是最有分量的造王者。

不過，又真的只是一頓飯而已，有沒有必要那麼大陣仗，說，吃完這一餐，會完美得帶著遺憾離開。

這話可不是食客說的，是那次那頓私房菜的廚師跟我們說的。當然也有座中人附和，是啊，難得吃到這樣好的，回家裡怎麼辦啊。那自然你投我以美食，我回你以美言罷了。

那次那餐飯那廚師，每上一道菜之前，都想介紹新發明或是舊情人般，說得七情上面。食物這回事，除非低到塵埃裡去吧；不然，總是像一齣其實不怎麼樣的電影，越聽得多好評，在導演也無心處放大一千倍無限延伸，就越發不好意思覺得不外如是。有些戲越說越好看，有些菜越說越好吃，當然，更有些人，是自己越愛越覺得可愛。

我們受了這美食創作人的感動，也紛紛要求追加，誰知這美食達人是個有個性鐵漢，酷愛甜酸苦辣，只嫌錢腥；不行，不行的，你們這樣下去，以後就去不了別的地方吃飯了，凡事最怕比較啊。你看我們自己，也常常窩在這裡煮給自己吃，為什麼？在外面吃不下啊。再吃下去，以後要怎麼辦啊。

而我不知道，這是最煽情悲悽的宣傳方式，抑或真心趁機一訴生老病死以外，吃過了最好回不了頭之苦。

我不是美食專家，歡迎講究也勇於將就，怎麼辦？天下不止一種菜，口味只是一時，吃別的菜式去，移情別戀去，我就不相信舌頭會固執癡情到念念不忘，無時無刻都有迴響。美食如夫妻，曾經滄海難為水，見識少，也不曾聽過。

有什麼是回不了頭的？誰上過巫山，就說除卻巫山不是雲，又說什麼五嶽歸來不看山，黃山歸來不看嶽，大抵只是一時興奮，昏了頭。幾年後，你給他一片巫山的雲，讓他分辨，可能弄得他一舊雲，分不出哪跟哪。好的，黃山嶽黃山松黃山雲海，的確獨一無二，他都看通透了，怎麼辦？看不同風格的山去啊。好不容易過了這個山丘，不外乎又是另一個山丘，你想區別就區別，自然有許多不同，你要覺得差不多就差不多，無須感慨上不了同一座山就遺憾。

回不了頭，真有機會給你回頭，而且不斷循環如動聽感人之單曲，以後，怎麼辦？每天吃那道回頭菜，知道習慣變麻木，聞到那陣熟悉的氣味，就已經飽了。那些讓人聞到會哭出來的熟悉氣味，都是久違的什麼家常菜、老母親隨手弄出來的愛心麵好不好？

差點忘了，曾經滄海難為水，說的其實是人。

吃不回一道難忘的菜，因為是在異國，不方便常去，或者店家結束營業，遺憾。回不到驚豔過的山水，後因山崩了，山封了，暫不招待；最大機會是你自己體力不濟，再也等不到頂了。人呢，人像菜也像山，遠看近看不一樣，沒離開過與久違也不一樣，眼鼻身耳舌過分敏銳的人，看什麼也不一樣。

怎麼辦？人可以不上山不玩水，也可以此生不再與人論愛，獨來獨往來去無牽掛。唯獨吃，真的不能不吃，不吃會死人。看，吃真是造王者，是最隨身的業。不過也沒有回不了頭這回事，飢餓瀕死時，樹皮滋味才是那巫山的雲。有水解渴，自然就忘了滄海。

超強颱風與超穩定

〰 抑或生活有時須要脫離一點常軌，才有歇息的空間，哪怕打風期的活動比上班還要忙。

超強颱風玉兔來襲前兩夕，一班人對著電視新聞報導議論紛紛，又十幾年一遇，又全年全球最強颱風的，甚至擔心起大亞灣核電廠的安全問題來。越聽越覺詭異，議論的內容，有先天下之憂而憂的味道，語氣卻是興奮的，有點像外面的世界，空氣侷促悶熱得太久了，彷彿在期待一場大風雨。明明多多少少都有可能是災禍的受害者，對，萬一玻璃窗吹開了，雖然沒破窗，雨水濺濕了地板，也算是受累了。為什麼會像等待看一齣年度大戲，只差沒花生爆谷當道具。

如果能保證颱風不會帶來任何損傷破壞，連罪惡快感的包袱都可以丟掉的時候，相信一講起颱風會更七情上面，未颳先興奮。看，氣象圖顯示，吹到正，信我，如果幾小時後，路線移動了，大多數人是會失望的。這次有機會十號了，不用信我，都已經八號了，「颱風持份者」本來也不用上班上學了，可是十號風球慾望依然十分強烈。

這心態跟看災難電影很相近，如果既然都不是真的，又沒有實質損失，當然越壯烈越好；否則悶在戲院裡，等了那麼長的時間，連花花草草都沒有毀壞，未免太掃興了。

玉兔來襲，航空公司首次一刀切事先宣布在限定時刻取消所有航班，有報章用上「與世隔絕」做標題，當然是為吸眼球促銷，與買花生等看風球消息的心態無異。電力公司也事先做了溫馨警示，供應隨時會出現間歇性中斷；至於超市新鮮食物被搶空，那是必需的。可能基於權威資料，有大文章可做，這隻玉兔特別受傳媒「歡迎」，感覺上是近年報導得最鋪天蓋地的一次。

在週日黃昏八號風球剛剛懸掛時，我專程走上天台，看這今年最強有多強。結果，一直跑上跑落，一夜盯著外面的樹，竟然有點紋風不動的架勢，淡靜得很，覺得白等了一場。原來我也是捕風的無謂人。

最後，玉兔方向有變，風力減弱，讓很多人失望了；這失望，也不只是要在上班日上班，而是生活居然這麼快就回復正常，又日出而作日入而不能息。

如果把期待無災無害的十號風球心態放大，可不可以說，人是犯賤的，無事總愛生些無關痛癢的非，人心裡其實多多少少存在著好戰的種子？抑或生活有時需要脫離一點常軌，才有歇息的空間，哪怕打風期的活動比上班還要忙。或者，其實我們沒有想像中那麼怕亂，沒那麼愛一成不變的超穩定？

與世隔絕？今天並不容易做到，除非身處煤礦場深谷，或者手機不在身吧。

若真與世隔絕，這幾天沒接觸任何媒體任何人，又沒有到過山上海邊，超強颱風蒞臨前夕以至過後，幾乎可以無知無覺，以為什麼都沒有發生過。

沏茶儀式多餘也不多餘

這慢工慢活，出來的縱然不一定是細貨，卻拖慢了你的節奏，平息了你的急躁。

曾有祖籍東北一大漢，跟我在喫茶店裡煮茶聊天。

大漢以打鑼擊鼓之豪氣，略略負氣說：你們南方人喝茶真麻煩，弄這弄那的，折騰那麼久才搞出來一小杯，一舉手就喝完了，然後又要弓起指尖捧著一小杯喝，幹嘛不爽快一點，集中把茶水放在一大杯裡，大口大口喝，那才叫快意人生。

哎唷，大漢啊大漢，這關南北什麼事？你們東北來的滿州貴族，那時候也作興把一整個微型小壺，把壺嘴含在唇裡，讓茶湯一涓一滴慢條斯理地滲。別動不動就牽扯到南北，人有南北，品茶方法與佛一樣，無分南北。禪宗有南北，最後是頓悟抑或漸悟，看你個人造化，隨你。

你喜歡豪爽地牛飲，那是頓悟，一瞬間把海量的茶如大江東去流過舌頭，能體味細悟到多少茶味，那看你的能耐。若沒有這本事，也只好一步步來，那就是漸悟。慢慢來，不用急，那比較容易品出茶味。

你若問沏茶之人，那全套諸多名堂的法寶，是不是都是多餘的，只為美感而鋪排開來，只為形式而設計出來，是不是有點走火入魔，無中生有，用來唬人的？

大漢，我可以很老實地答你，可以多餘，卻也不多餘。

不囉唆，只舉個例。壺跟杯的大小比例，決定了多少茶湯泡好了要分多少杯；杯多了茶涼得太快，少了茶太濫，這倒不是為擺而擺的姿態。至於那個叫聞香杯的，高身高得也有道理，先把茶倒進去，讓初出壺的香黏在杯壁上，讓你先用鼻聞一聞，好醒神；然後才輪到舌頭去嚐味，那是追求不同的層次感，漸漸漸漸漸地悟啊。這不算多餘。不過若你喝茶只為盡速解渴，把茶當有點味的開水一瓶瓶的灌，那一切器具與程序都是多餘的。

坦白說，有些器具與程序，確實多餘。這方面，倭寇日本鬼子比中國人要青出於藍，之前還要淨手焚香，一大堆跟最後成品無關的勞什子工夫，搞來搞去，多餘，但也不多餘。這慢工慢活，出來的縱然不一定是細貨，卻拖慢了你的節奏，平息了你的急躁。等啊等，弄啊弄，終於喝到的那一口茶，味道是不一樣的，心情影響味道。關鍵是，經過這番考究，你不好意思不喝得考究些，嘗試品出二泡三泡的分別。

多餘的手續是否多餘，就看你把喝茶當為純喝茶，還是一個修心養性的過程。茶也許只是一個有味的法門，我們焦躁趕急的時間多，鬆弛的機會少，鎮定的能力低。茶之所以要沏，慢慢地沏，正是煞有介事地搞一番儀式，達到平日不甘心也得無所事事。

大漠啊大漠，我是不趁機諷刺那些鯨吞紅酒的人，再順道貶一貶你。當我們需要的只是一口液體，用來濕一濕口解一解渴，那就來一瓶水，或者有點茶色的樽裝茶吧。在玩意手藝與實際需要之間，並沒有誰比誰高級。不瞞你大漠，我這嶺南以南的慢板婉約人，也只有空閒時才會沏一沏那個儀式，平日邊趕工邊要補吸水分，才不耐煩左倒右傾，分了我的神。那時刻，我只是貪圖飲茶會提神，茶氨酸據說還能減壓促進認知作用，於是密密斟快快灌。你悟到了沒？

其實，都是多餘的

〰 但凡你沒水平沒心情沒那賦性，給你再好的東西，都是多餘的。

在異地，那人看見我居然自備茶具茶葉，很自然問：原來你是個茶道專家啊。我很自然地答：說什麼專家呢，這只是小兒科。

我說：真的是小兒科，每次出外，常備的就只是那小小的蓋杯、少量的茶葉。那實在是最基本配置，將這東西長期放行李箱裡，也不是挑剔到無茶不行，只是習慣而已，如果還不至於太麻煩，這習慣沒必要破。在外面沒有喝慣的那種茶，只是有點不自在。

若說到離不開，那不行，一個人受區區一口茶牽制，不得了，離開酒店難道還要拿著個蓋杯邊走邊喝，扮八旗貴子弟的作派？也只有買瓶裝茶來喝，喝多了成習慣，也就不覺得差勁到哪裡去。無論是什麼，喝得夠快，吃得夠快，做得夠快，基本上差別都不大，除非喝的是尿吃的是屎幹的是殺人勾當。

只有回到酒店，時間還不至於太晚，我才會泡幾杯喝慣的茶，因為這也是寫東西時的習慣。你可以說，這些瑣碎的習慣，讓人有了安全感——那麼熟悉，那麼親切，無需要再費勁適應。說穿了，隨身帶這套東西，不是講究，反而是懶，懶得嘗新。

那人又問：那在家裡寫東西時，是不是就會做起茶道來呢，那陣勢可是又壯觀又優雅啊。

我說：不，寫東西與優雅無關，一寫到專注，就像躲進小樓成一統，管他冬夏與春秋，空氣不至於悶局，噪音不會大作，就能作。才沒閒情慢慢擺那個茶道的陣，算好每一泡時間，翻來倒去，神就分了散了。那不叫優雅，那是附庸風雅。不懂裝懂，只貪圖那個調調，並且必須有人觀眾在，風雅給人看，那就成了風雅的附庸。除了談戀愛，並且愛那人愛到淒厲，寫作應該算是最孤獨的事。想玩鬥茶，沒人與你鬥，那諸多陣仗，比如說，泡好了茶，逐杯逐杯倒出來，然後又一口一口一人負責把它喝完，到底在幹嘛？

不是說，這場面看起來很寂寞啊孤單啊，遠遠沒那麼奇情浪漫，只是多餘。一小杯一小杯喝，茶溫確實不大相同，但寫到心不在焉時，誰有工夫留意到中杯跟小杯的溫度有何差異，所以都是多餘的。

那人再問：那你寫東西時喝的茶，是高端還是低端的？

我說：什麼是高端低端，是高檔低檔吧。

那人道：不，高端意思是要很會喝才會喝出好處來，我自己茶喝得很低端，總是那些花茶，光靠聞就聞出香味，喝下去不懂得品嚐到茶味，也沒關係了。

我說：那麼我工作時喝的也很低端，雖不至於是花茶，但儘量挑便宜的，不然都是浪費。但凡你沒水平沒心情沒那賦性，給你再好的東西，都是多餘的。

那人說：聽君一席話，掃盡十年興，真箇多餘。

連吃兩次臭桂魚

最後若浪費時間機會成本去填憾，本身也是遺憾。到頭來都是貪，連一個禍多於福苦多於樂的機會，都捨得不遺漏。

一到安徽合肥市，來接機的人就跟我說，在合肥一定要吃一道菜，叫臭桂魚。

我不知道那合肥人說起這個，是作為打開話匣子的開場白，應酬應酬，抑或是為他的城市做推廣。但見他說時感情豐富，彷彿我們對人家說來香港不可錯過雲吞一樣，我信屬於後者：即是，在合肥沒吃過臭桂魚，是有點可惜。

於是，為了這個道地推薦，在合肥就連續兩天一餐一臭桂魚。有那麼好吃嗎？不，是因為特別難吃，所以才會連吃兩次。是我天生喜歡為難自己嗎？不，又不是美食家不寫食評，無須要對一道菜進行研究式的試食：吃了這家不夠理想，還要再試試下一家。我只是犯了很多人常犯的毛病，或者戒不掉的習慣，做了些不要的事。什麼事？

事情是這樣的。進酒店後已是又晚又累又餓，一看菜單，竟然有道地名菜臭桂魚，今日不知明天事，不如先試為快。在酒店房間內把那條醃得臭味入肉的桂花魚幹掉之後，殘存的汁液發出的異味，等到服務員自動來收，怕會薰出換房需要，只好即時放在房門外，請人上來嚴肅處理。

到了第二天晚飯，在一家看來很道地的菜館又有臭桂魚。那股異味還未退去，便又幻想，可能酒店做這些地方菜不能作準。公平起見，應該多給名菜一個機會。於是，才熬過了一次，又再勉強自己多一次磨難。

我是昏了頭愛找死到不正常嗎？不，這其實是正常不過的事。每到一個可能不會再有下次的地方，自自然然特別奮勇，卯足勁去體驗，巴不得在有限時間內，耗盡體能與耐性去把城市的一切吸收盡。所以，往往很正常地做出了不正常的行為。例如，吃下不止一次明知不對自己口味的菜，在一些明知不外如是的地方轉轉。總為了開眼界長見識，而犧牲了自己的喜惡，忘記了憑經驗去判斷。有些險，原本就不必去冒，比如那味臭桂魚。吃第一次時早該知道，桂花魚唯一好處是鮮，醃成這樣，魚味與魚質都已經跟桂魚無關，絕不可能會吃得享受。別說第二次鑑定，夠理智的話，初嚐也大可不必。

但我知道我不是唯一犯這個傻的人。何止合肥臭桂魚，何止在難得一到的地方，難得地冒險犯難？就為了不甘心留一點遺憾，許多人不是一樣買下了許多沒什麼意義的教訓。明知那段討論留言、那本書、那部戲、那個人，繼續看下去纏下去，只是委屈了自己，仍然捨不得提早中斷。好歹也是個經驗？如無必要，累積那麼多壞經驗，不如爭取有把握的好經驗，例如在山西吃了不大喜歡的刀切麵，萬一遇上港人做的雲吞麵，何不遺下「沒試通透山西刀切麵」之憾事，繼續在山西吃港式雲吞？何況憾不憾，還是兩說。最後若浪費時間機會成本去填憾，本身也是遺憾。到頭來都是貪，連一個禍多於福苦多於樂的機會，都捨得不遺漏。

一碗麵十五分鐘的快感

味道的回憶會停留在腦海久久不退，而且會有自我美化完善的神奇力量，望梅止渴可能真有其事，只要你曾深深地享受過梅之味。

香港也有一蘭拉麵了。

最初有一蘭迷相約試味，麵材湯底會一樣嗎？拿勺子撈麵的人會有一樣水平嗎？鬧得未入口先興奮。但好消息還沒消化完，新聞報導已壞了胃口，截稿前所知情報，平均排隊輪候時間一百八十分鐘。

這些天在室外不是暴曬就是淋雨，人生沒幾個十年，其實也沒幾多個鐘頭；即使吃了這碗麵會延年益壽三個鐘，也不過是打成平手，白勞累一番。

一蘭迷持積極觀望態度，認為過些時日，人龍沒那麼長就可以了。我問，你覺得輪候時間縮短到多久才值得出動？他說，你認為呢？十五分鐘吧。他說，你也太貪了吧，這怎麼可能，普通不怎麼樣的拉麵連鎖店都有這個陣容，更何況，我們當年在日本，也不止一次排了半個鐘，山長水遠又飛機又機鐵這樣麻煩都願意去等，人家開到門前，反而又斤斤計較成這樣？

在日本就是不一樣。人一到外地——這個人，可能只是我吧——往往變成一隻覓食猛獸，吃了一頓不夠稱心滿意的，就覺得辜負了有限的行程，多花些時間考究每一餐在哪裡解決才沒有冤枉。這商議的過程，有時會有爭論，有了結論之後，就是場賭博，吃完了覺得吃虧，推薦人就面目無光，這些都是旅遊真樂趣。都因為人在旅途，才有吃一餐少一餐的陰影，才有空玩這遊戲。

旅遊主旨之一，就是要做些在本地不會做的傻事蠢事笨事。拋開那溫度與空氣質素差異，半夜在東京當人龍裡其中一塊鱗片，巴巴的就吃那一碗麵，回去大肆宣揚，多有味道；如果那碗麵名不虛傳，就是佳話，如果名大於實，中計了，也成為將來回憶中有趣的話題。

在香港耗用破紀錄的時間排隊吃同一家麵店的一碗麵，卻會被嘲笑的。因為沒有了異地的布景氣氛，焦點就落在那碗麵的味道。純粹講食事，那碗麵要有多好吃才值得？

我說十五分鐘，有我的理由，因為我越來越覺得，再美之食，連咬帶吞，再在味蕾上殘留的快感，加起來也頂多只得十五分鐘左右，滿足感的可持續發展能力又隨飽肚而遞減；就為了這短促的歡愉，花超過十五分鐘都不划算。

更何況，味道的回憶會停留在腦海久久不退，而且會有自我美化完善的神奇力量。望梅止渴可能真有其事，只要你曾深深地享受過梅之味。

一蘭迷以為我在說，好東西不如就留在記憶裡，別隨便重認，以免期望越大失望越大那一套，就像久別也別隨便重逢，怕失望不如不見為妙。不，沒那麼浪漫。我只是不覺得我們的舌頭有那麼靈敏，懂得分辨一蘭與二蘭三蘭的輕微差異，忠貞到非君不嫁非此麵不吃的地步。

當然，如果忽然有隨意門送我到香港一蘭即時吃一吃，我是不會介意的。

曾經的枕邊書：亦舒

〰寫悲，也是點到即止，這不是說寫情緒寫得膚淺，而是兵不刃血，沒有用刀砍進心裡，你還來不及沉溺，主角又發人深省奉上自強箴言。

最常被問到的讀書問題之一：你的枕邊書是哪一本，什麼類型？枕邊書跟咖啡桌書相反，不是用來守門口，不求以品味高檔驕人，而是用來放床頭，在睡前或半夜醒來時，好歹有個伴；所以，說開來，枕邊書應該是最誠實，真會老老實實看的一個書單。好比突搜包包遊戲，最能檢測到物主真人生活面貌、性格嗜好種種。

是這樣的，我的枕邊書，一如我的口頭禪：不同年齡不同階段自有不同需要。最初看書，專情不花心，講究程序公義，不看完這本就跳到另一本去，是大不敬。什麼書最容易令人一路看下去？

對我來說，是亦舒。亦舒馳名多年，我這個粉絲卻慢了幾千拍。八七年，多年沒事的哮喘又復發，平躺床上透不過氣來，只能坐直身子呼吸，想睡得好是難了。當時藏書中有幾本亦舒，別人都說以輕鬆易看快讀聞名，於是很適合在身體不舒服時，拿來侍疾。（溫馨提示，雖然各人有各人性情體質，個人經驗之談，不舒服睡不著時，不宜看名著鉅著，壓力太大；也不宜看實用性書籍，一實用，就把現實生活帶進不適的身體，把自己弄得更辛苦。）

回到亦舒，果然看完了三本存貨，精氣神都回來了，又不至於精神到謀殺了睡意。亦舒小說其中一個特點，故事不靠情節推進，容易看下去又沒有所謂追下去的必要，所以難以令人追天光。即使追，看慣書的人，一般兩個多小時也就追完了。亦舒故事場面處境都短無可短，作者也好像不耐煩作微雕式處理；反而是人物短小精悍、抵死辛辣的對白穿插劇情間，兩句話交代過去，就換新篇了。一路看去，如清風送爽，實為床頭機艙酒店恩物。

亦舒寫悲，也是點到即止，這不是說寫情緒寫得膚淺，而是兵不刃血，沒有用刀砍進心裡，你還來不及沉溺，主角又發人深省奉上自強箴言，強悍都市人與獨立女性的世界，只有一時的軟弱，不提供絕望的沉淪，所以，也就不會大大攪亂你的情緒，微微的起伏中，心舒了爽了，也就不難睡去。

相比起張愛玲，人物不是更陰沉就是更苦命，對白也更歹毒，往往以各自的機心算計中交手，那世界黑起來，連一盞燈都不留給你。你得專心投入地咀嚼，直看到透不過氣來，於病中人失眠人，都屬毒物。

其實我看張愛玲比看亦舒早，看張愛玲都是醒著看，用神又上心。後來因緣際會，那個發病難眠的晚上，碰上了亦舒，發現是枕邊伴讀伴眠佳選，就每晚來一本，很快就追回之前一百多本亦舒小說散文。與亦舒結緣，起於病榻上，學會了許多人情世故的簡易寫法，應用在歌詞上又接地氣，所以，又可以從枕邊轉移到工作桌上。既助眠又補身，公私兼得，可見閱讀多好——如果能按處境需要，選對了書的話。

書中竟有黃金屋

讀書樂趣第一，沒趣而有用的，看了也是虛不受補，知而不能行，過目即忘，傷眼傷神浪費生命。

在《世界民間物語 100》看到離奇物語一則，話說一個愛讀書的人，去一間圖書館申請個職位，剛好館長外出。等候期間，隨手挑起一本一看書名就知道厚若磚頭的書，叫《動物學》。書很新，卻已出版多年，看著看著，館長還沒回來，讀書人已翻到尾二頁，上面有作者手寫致讀者寄語，請讀者到某法院取出某檔案，將可獲得意想不到的幸運。

讀書人見好奇害不死人，便真的去法院取文件一看，結果成為作者四百萬里拉的受益人。作者自述：畢生心血完成後無人問津，一氣之下毀掉所有印成品，只留一本孤本，送給上述那間圖書館，為回報把這書讀到尾的有心有緣人，便把遺產奉上。

能列入世界百大物語的，自然有點離奇，看這類故事，有點像翻野史的感覺，看時有趣味，看的過程，又可以保持思考能力，不斷問問題：可信嗎？真人真事要怎樣添加枝節才成為值得一說的軼事？

這個看書得遺產奇聞，奇在在大半天內看完厚厚的動物學科書，那可不是輕薄的愛情小說、旅遊生活隨筆。除非此讀書人為資深高速閱讀行家，否則如何能見此奇功。即使是行家，也得對動物學科有特殊嗜好，才能一往情深堅持下去看到底，而行家往往什麼書都愛看，到了圖書館，什麼都揭一揭比獨沽一味的可能高太多了。

最重要一點，是行家的話，看書按理不會那麼乖乖地、呆呆地、蠢蠢地，從頭順序讀到尾。有經驗的讀書人，會先看序。序可以反映出作者的水準與誠意，也是口味測試。然後檢閱目錄，看有哪個部分自己特別有興趣，或者是這本書的賣點所在，然後直接到位，以極盡挑剔苛刻的眼光，看有無瞄頭，有些目錄章目起得像雷聲那麼大，內容如雨點那麼小。如果目錄不完整又沒系統，屬小說或雜文類，又不是有過去業績做保證的作者，沒關係，先看第一章或開頭十到二十頁，再跳到最後部分；如果不對味或看不過眼，就即時放下，自在。

還沒入貨，大可避過一劫，當然，各書入各眼，你的劫可能是他人的斬獲。但，讀書樂趣第一，沒趣而有用的，看了也是虛不受補，知而不能行，過目即忘，傷眼傷神浪費生命。不幸在網上瀏覽，沒有試讀提供，又中了天花亂墜的文案毒，別捨不得，捐出去讓它找對讀者算了。

讀書人非得這樣看書，才能看得多看得快，否則書無涯生有涯，啃書速度永遠追不上出版度。嘗試讀讀書的，若不能掌握想讀該讀之書的快速檢測法，看到中段才放棄看下去，恐怕以後更望書而逃。

好了，那段奇聞，如果是真人真事，應該有一點攙假的細節，那主角，既是行家，極有理由懷疑他根本沒有從頭看到尾，他只是用一如既往的手勢，瞻了前文，再顧後面結尾，便發現了作者親筆留言，（在印刷體中手寫字何等矚目），他極有可能不是忠實的讀者，卻因為讀書有法，而獲得了意外之財。

躺得太痛，睡得太累

〰 其實天下所有問題，包括健康，唯一王道就是平衡。

忽接來電問：你有沒有想過站著寫東西？

以為有什麼好介紹，這個早看過蔡東豪推薦，說是英國人很鄭重提出來的，對身體好。

我說，你站，我站，誰怕誰？

只不過是把工作枱調高，手往下操縱鍵盤，頭平視螢幕而已。思考姿態習慣了坐下來，才沒趕急的壓力，才能慢想慢思，站著人就焦躁？不見得，試到超然枱上望，憑欄而站者不是一臉思考狀？都說是習慣，有必要改自然能改。

有次閃了腰，站不好坐不得，有監製來催，說你可以躺床上寫啊，我天性仁厚不記仇，記到現在，只記得當時沒聽出那監製的港式效率以及冷酷不仁，倒是認真想，躺著寫，有什麼不可以？既能在床上用手機打訊息閱讀，怎麼就不能加個墊子，在平板電腦上面寫？睡床上不是也常常胡思亂想？

思考沒有必然姿態，如果坐著危險，站就站。只有一種站姿，坐姿卻多著，雙腿不安分不能長期正襟危坐，因慵懶而引致關節筋肉出毛病，此乃常識，啊，坐著還會坐到身懷六甲狀，無論男女，不可不防。照道理，站著工作該早早成風了，還等什麼？

掛線後往街裡一走，見派發傳單的、在櫃台後招呼客人的，想起幫我弄頭髮的，經常抱怨腰骨痛，醫師要她在工作縫隙間多歇歇，讓脊梁減壓。站著工作的喊腰痛，我們這些慣了坐著工作的想站起來，真是你羨慕我的痛，我忌妒你的苦。

其實天下所有問題，包括健康，唯一王道就是平衡。從每日一蘋果，變日夜只蘋果，保證醫生不離我。坐久了就站站走走跳跳；站久了就躺躺坐坐；躺得太痛，睡得太累就是這道理。才以為有新作法，可以為健康找到新祕方，一想到永恆的平衡，分久必合亂極趨治，有什麼好大驚小怪？如此沉悶保守，未免掃興。

那計畫站崗的人不久再來電，問有決定沒？

我說：好，一言為定，我們約好，你站時我坐，我坐時你站。如此，天下太平，不，身體太平。

何不到博物館

修煉必然要與誘惑並存，才有意義，不然，就像一個從未真心愛上過的人，告訴你愛情可有可無。

何謂 window shopping？走過櫥窗瀏覽就心滿意足了，目的只是看看而已，斷不會起了據為己有的歹心，是一種無須破財的仿購物過程，能減少無謂消費。

一路逛一路面對這麼多好看好玩的東西，能做到只看不買或不生購買慾，無疑是很好的修煉。修煉必然要與誘惑並存，才有意義；不然，就像一個從未真心愛上過的人，告訴你愛情可有可無，都是無謂的情緒，說服力能有多大？所以 window shopping 關鍵字是 shopping，而非 window；若減掉了 shopping，就等如去看一個純粹的展覽，都是非賣品。沒有價碼，於是也沒有任何因素能挑撥起慾望，完全是另一回事了。

身處購物區，不買都瞄一下；瞄一下的，必然也包括價錢吧。若沒有每件貨的價錢參考，所謂的不動心免費購物樂，也必然大打折扣。純粹觀賞，何不去博物館，那裡陳列的非賣品，觀賞價值更大更難得一見，所以就別自欺了。櫥窗瀏覽購物還是抱著想擁有的念頭，只是事先警醒著自己，別那麼見獵即起心那麼浮躁而已。

對，看見慾望的對象，只能遠觀而完全抹殺買回家去褻玩的可能，人自然淡定；一旦發現，原來還有個價錢，這代價又在付得起的範圍，界乎划算與不值得之間，人便浮躁了。

有次在揚州，路經據說很有特色的購物街，即是沒有連鎖店，賣的都是比較獨一無二那種貨色，但時已近黃昏，九成店都打烊了，沒關係，就在櫥窗外逛逛也好。本來相安無事，在外面看著許多小玩意靜靜躺在那裡，雖然隱約看到有些附價錢牌，無妨，因為無法出手。後來遇到一間還有燈火通明的，同行人等立時加緊腳步，彷彿怕錯過了什麼似的，其實，大家心知肚明，怕錯過的不是買不到不打算買的，而是有可能會買的。

那店也甚有特色，專買陰沉木製品。陰沉木又名烏木，不同樹木品種沉在地底年月久了，都成木化石了，便統稱烏木。因為價錢太貴，於是繼續以有價之心，看無價之寶為名，像逛博物館一樣，跟店主聊起了木頭之道。聊著聊著，看見店內尚掛有幾幅字，十足十鄭板橋體，本來還相安無事，一則真假難辨，作假居多；二則若是真跡，也是買不起的。直到，店主明說，這不是真跡，也不是偽冒，是一位專門臨摹鄭板橋書法的手寫真跡，我們才來了勁，要求拿下來看仔細，果然臨得很像。

最要命的，原來還有個價錢，還不太貴，若要求不高，比真跡高仿作便宜多了。於是一時就起了閧，內部開會要不要、值不值，要砍多少價才不吃虧。所以，價錢是很重要的，若早說明無價，是那位揚州書法家向同鄉鄭板橋致敬的非賣品，便斷斷不會起這個閧。

由超然物外的淡定，忽然變成浮躁的議價，可見我們同行之人定力不足，有待修煉。真喜歡看鄭的真跡，何不到博物館，何不看高印刷水準的書畫冊？是賊心不死，才會想盜取一件臨摹的實物回家。

床單上的一抹污漬

〰 原則是你想這樣做就做，完美是你不計較破壞了本來完美無瑕的安排，只要高興就可以了，完美主義者。

「天啊，你看，這裡原來有一抹黑色的污跡，也不知道能不能洗乾淨，剛才明明已經檢查得很仔細了，竟然還是看走了眼。」

「我看，這好像是油污跡，洗過了可能沒那麼顯眼，但應該沒可能像全新的樣子了。」

「那怎麼辦，不，我要回去換套全新的。」

「還是算了吧，人家只是擺地攤，你隔天回去，那攤子也不一定在；即使讓你找著了，也未必有相同的款式。還是算了吧，你看，這污跡在床單邊緣，正常用起來，會塞在床褥裡面，眼不見為淨。更何況，你睡房的燈會開得很亮嗎？算了吧。」

「這怎麼行，床單有時候會給翻出來，替換時也會看見，讓我很不自在啊。你不斷算了吧算了吧，我不能算，我是個有要求的人，我是個完美主義者。」

「噢，原來是這樣。其實在你跟攤販砍價，由千二元一直成功砍到三百元成交時，你臉上那滿足感成功感，就是最完美一刻了。現在你為這一抹污跡鬧起來，這完美的購物經驗就已經給破壞，有了遺憾。」

「什麼購物經驗，我要的是成果，這床單是買來用的。」

「原來是這樣，不只是買個購物的快感，是買來用的，說得好。首先我不知道你的床單是不是真的不夠用，要多少款式替換才夠用；就當你不夠用，是真心實意使用。

「買來用的話，打從你鋪床上那一刻起，就別指望有所謂完美，即使你把自己往洗衣機裡洗個一乾二淨，你的手手腳腳早晚也會留下廝磨的痕跡，會有絲線走出來。當然，為保持完美，你也可以上床之前，檢查指甲腳趾甲有沒有小心修得圓滑不起稜角；睡姿呢，能不動就儘量不動，以減少磨損。睡得這樣小心翼翼，床單就可保完美，不留一抹黑，你的睡眠狀態卻不會完美。那麼，就是你在保護床單，給床單約束著你，捆綁著你，而不是你享用著床單。給你巴巴地跑回去，又給你換來同一款式的，那床單也始終會留有遺憾的，如果一抹污跡，鬆了一根線出來也是天大缺陷的話。」

「那，那也不能遺憾在起跑線啊。新買回來的就必須是全新無缺的，那是原則問題。」

「好，我們說原則。原則上，你這次是旅遊，你旅遊的本意是觀光，買經驗，買東西只是餘興。旅遊最高原則是時間用得完美無瑕。你願意花個多小時來回那地攤賭那一把，已經是輸定了。你輸在不夠時間去本來該去想去的地方，即使給你趕到，也氣急敗壞，再不能像個沒事人一樣閒蕩。你去到跟人家換床單，少不免有一番理論，萬一有什麼爭執，還會有好心情繼續餘下的節目嗎？你這段旅程還會完美嗎？」

「這樣就妥協，不講原則，還是會覺得委屈。」

「原則上，旅遊是買經驗買故事買回憶，若你堅持要換，甚至吵起架來，那也算軼事一宗，也沒有違背大原則。原則是你想這樣做就做，完美是你不計較破壞了本來完美無瑕的安排，只要高興就可以了，完美主義者。」

為何
在雨傘外
獨行

富人的「滿足神經麻痹症」

首富或是皇帝的難忘美好歲月，回不去了是真的，但真要他們回去，才是貨真價實不快樂，又少了個富極無聊而幻想出來的好去處。

首富嘆首富難當，侃侃而談原來他不快樂。

許多人聽不入耳，他的煩惱，等我們有了資格享受再說。其實，不恥首富之言的未必盡是葡萄；首富自述煩惱，也非純為曬命。

別的不說，大富人家專有的「滿足神經麻痹症」，倒是真實不虛。我等不富不貧之人，戶口存款不生則滅，每積攢了一筆錢，想的，就是一直求之而可得、可得又未必捨得的心頭好。在買與不買，買這抑或買那，還有很大的選擇空間，那忐忑的快樂，首富沒份。

首富的錢即便不來也不去，因為太多了，根本不存在想不想買的問題，沒有一間夢想屋的畫面、一件心愛物夢寐以求而終於到手的興奮，他們只有金額最後的零頭。你說，多一個零，哪夠得上多了張高複製的名畫耐看好玩，他們，他們要是真有這閒情，找個人在拍賣會一手把真蹟入貨存倉去了。最大樂趣是有祕書代辦，省去登記入冊的煩惱。

關於那些難忘的挨木板床日子、那些年吃過最美味的叉燒飯，首富次富與稍富的人，也確實大有條件慨嘆，都回不去了。當然，有了錢，那叉燒肥瘦比例稍有偏差，都上不了桌，好端端的也不會再找個木板床去睡。給你十足懷舊的誠意，隨便在雲石地上躺那麼一會，因為這賤犯得太勉強，失去了當年身在木板心在床褥的情懷，也樂不起來，回不去了。

朱元璋當上皇帝後，據說常懷緬潦倒時吃過的一口救命羹湯，封之為翡翠白玉羹。後來在民間訪尋，真相非常掃興，原來不過是碗餿水一樣的大雜碎，而且都不對味。皇帝權力再大，也不能成功偽裝快要餓死的感覺，回味這口餿水，不吐才怪。

首富或是皇帝的難忘美好歲月，回不去了是真的；但真要他們回去，才是貨真價實不快樂，又少了個富極無聊而幻想出來的好去處。

彼時睡木板，渴望原在於要離開這塊板床。離開以後，偶而在高床軟枕上失一失眠，於是獨自憑欄，那碗叉燒飯，別時不易見時難，遠看無邊夜景璀璨。嘆句回不去了，回不去了，那就別回去好了，遺憾得多浪漫。

面無月色的歲月

～拚經濟世代，不是忙著生忙著死，就是忙得要死。

中秋追月，不如追追月色。

當世城市人，管他冬夏與春秋，不欠月亮，只缺月色。什麼是月色，那是比化妝品奢侈得多的天然產品，鋪在臉上地上萬有之上的一層晚霜。如今歲月，面無月色，只見燈飾。

月色經不起無限發展，誰也看不見，也不用找，本來就在，只是被光害害了，被萬家燈火、無處不在的路燈蓋過了。如今月色只停留在紙上，可能，只來自朱自清的《荷塘月色》，也滯留在那教科書範文的口味。李白寫月，最有名的也是教官必教的床前明月光，但學生哪來那麼便宜的鄉愁，又何來共鳴。同是地上霜，我認為李白寫月色最好的是一雜題碎句：「乘興踏月，西入酒家，不覺人物兩忘，身在世外。夜來月下臥醒，花影零亂，滿人襟袖，疑如濯魄於冰壺也。」月色借花影襲人，似給冰霜洗濯過魂魄；這酒鬼，若生在今時，月色換上街燈，也不過是個醉駕騎士在闖紅燈斷了魂，沒能死於水中月，多敗興。

蘇軾《記承天寺夜遊》寫月色也是極精到：「庭下如積水空明，水中藻荇交横，蓋竹柏影也。何夜無月，何處無竹柏？但少閑人如吾兩人者耳。」

少的首先自然是閒人。拚經濟世代，不是忙著生忙著死，就是忙得要死。但得有閒人，肯與你出去看看那月色把水藻照成竹柏影的魔法，他可能看一眼就說，不覺得，你多久沒吃藥了。不然，就來一句，無聊，下次你拍下來WhatsApp我就可以了。要命的不是缺人，是何夜無月色，卻無處見月色。我家也能看到竹柏影，只是屋苑保安處的大光燈打得太眩目了，若居然產生疑如濯冰壺、似是水藻交橫的想像，真是要吃藥去了。

那麼恨月色，就跑上連霧燈都沒設防的荒山野嶺去吧，在那試試由月色帶路的滋味吧。沒人攔你，卻也沒人伴你等你，看久了地上霜，自要回到人間煙火處。被燈火通明、安全規範的生活馴養慣了，當不起古人，就別怪天地如牢籠，這叫又癢又怕痛，這條不能超越的黃線也是自選的。月色之奢侈就在於此。

世有粉絲而後有偶像

﹏投入在一個環境一個人裡面太久，忽然一聲卡，捨不得了，怎麼辦？惟有不斷回憶，回憶到好像沒有離開過，回憶到覺得夠了悶了，連自己也有點不好意思。

報載無可載，載導，《來自星星的你》大結局了，星迷失落了，精神一時空虛，怎麼辦？做這新聞的還真有俠客心腸，居然找來心理專家教星迷如何從失落中爬起來。

沒錯，在哪裡跌倒，就在那裡站起來。這專家雖然過分熱心熱血了點，提供的意見卻確實夠毒，管用：將之重看一遍就是。看完一部劇集就失落？就重看到看不下去為止，在那裡沉溺過，就在那裡清醒過來。這就像投入在一個環境一個人裡面太久，忽然一聲卡，捨不得了，怎麼辦？惟有不斷回憶，回憶到好像沒有離開過，回憶到覺得夠了悶了，連自己也有點不好意思。若是捨不得一個人，還比較難搞，捨不得一套劇？無限重溫，若溫故而能知新，每看一回有一回的收穫，是為真正經典，迷下去亦有益無害。

電視劇不是沒有值得重溫的經典，只是劇迷在這方面見過的世面比專家多，會為一部播放了兩個月的劇失落超過兩星期？這期間不知有多少新貨上市，怕落伍而不怕失落，過期了還在談星星的，是要給恥笑的。

韓劇迷迷的是韓劇，不一定來自星星，只要來自韓國就可以了。像革命分子，殺了一個還有千千萬萬個前赴後繼，不愁無人可砍；劇去劇還來，不愁無劇可煲。

報又載，粉絲在機場痛別驚鴻一現南京的都教授，尖叫與哭喪聲交集。不明事理者大惑不解，比星星迷還要迷惘，頻呼「駛唔駛」，再用嚴謹認真眼光仔細掂量人家的都教授，頻問「值唔值」。

都是多餘，僅僅問一個都教授值不值得，不如問所有曾經遭尖叫過的星星值不值得惹人發瘋。粉絲與偶像，其實猶如雞蛋與雞，誰因誰而存在，誰誘發誰的出現，一時還說不得準。

世有粉絲而後有偶像，有什麼離奇，偶像本人平平無奇而令人遙拜到哭成淚人，也不算稀奇。是粉絲本身有尖叫的生理需要，有哭得哀而不傷的心理需要，他們迷的是一哭二鬧三尖叫，誰來誰去，誰值不值得，不是關鍵。迷完了這個迷另一個，同時迷這個那個更多快好省。

這就像許多人愛的其實是愛情，愛誰、更愛誰、有多愛，都不是核心問題。所以別質疑那些偶像有何特異功能讓人迷倒，是有人享受被迷倒，才找個對象去提供迷倒。也別揶揄粉絲不夠忠誠，他們才是造星的頑主，找個人來哭一哭叫一叫，還講忠貞？自以為世故成熟的大人專家，別鬧了，你以為粉絲傻的嗎？

太歲犯人

每年都有接近三分之一之有多的人，無端犯了太歲。若不知道犯了，簡單，要過的日子還不是如常過。

人不犯我，我不犯人，主動權在我手。我若犯人，人會不會犯我，始終有段日子微微忐忑。我若犯了人也不自知，若那人來犯，也免去之前一段惶惑。當然，一切還看那人秉性如何，是不是個記仇的。

可惜太歲好像不是一個人，你將遭遇到什麼，無從推測。只知道十二生肖中，每年都有接近三分之一有多的人，無端犯了太歲。若不知道犯了，如上所述，簡單，要過的日子還不是如常過。一年三百六十五天，瑣瑣碎碎的如意夾雜著不順遂，求不得以外偶有意外收穫。事後回顧流年吉凶，除非真鬧出天大事情，否則真會想來想去，也想不出那年犯了還是沒犯。

太歲易犯，但又不見得有多難解難纏，去攝一攝，原來又變回沒事人一個。大抵如此兒戲，每年排隊去要求和解的人，也不知道有幾個是真心怕太歲犯不得，再而真心信這樣拜拜神燒燒香就萬事大吉。如果個個犯人，到廟宇打個轉就無罪開釋，太歲豈非太沒面子。若此事與天文星象五行有關，集體把煞擋了，把運改了，逆天文而行，會不會亂了天象？

沒那麼簡單，也最好別那麼省事，不然堪輿小師便平白少一個用武之地。所以，少一事不如多一事，還是有一大堆宜忌編派出來。

無意中無聊地看到一個小師贈給太歲犯人的忠告：財運不佳，要持盈守泰，若覺得在本地發展停滯，不妨主動申請調職外放，離港闖出另一片新天地也未可知。我看了覺得很辛苦才忍得住不笑出聲來。持盈守泰，其實大部分時間對大部分人都用得著，嘩，「你今年犯太歲沖太歲，問你怕未？怕，那該怎麼辦呢？持盈守泰囉」，呸，如此而已，亦一向如此。但是，既然要守，怎麼又可以勞師動眾，主動出擊，離開自己老巢，是什麼樣的持盈？這忠告看來只照顧上班族，自由覓食遊民以及老闆級數，似乎可以不屑一顧。

不顧就別顧好了。即使多疑善信，太歲來犯，未必要煩。比如說，一個賺錢買花戴的閒人，財運不佳，不外乎不戴花，把閒情寄在不用花錢的玩意上，連買賣花朵的氣力都省了。時間即金錢，怎麼看，都賺得更多，實在犯不著為這太歲犯愁。

又比如有人早已不堪工作疲累，一直狠不下心休息，再熬下去，必然落下病根，不得善終。只因沖了太歲，太歲暗中做嘢，讓他事業財運兩空，誰不知反救了卿卿性命。

太歲犯人，應知吉即是凶，凶即是吉，這應該比空即是色色即是空這枝籤好解。

2015.07.19@香港會議展覽中心

講座主題 — 詞海任我行

講歌詞前，我想講一下時裝。如果「任我行」，任由我選擇穿什麼衣服出席這個活動，熟悉我的朋友會知道，我會選擇穿睡衣上講台的。原因之一，睡衣是我穿得最長時間的衣服；第二，穿睡衣是最舒服的、無拘無束。這世界上，只有少數幸運或不幸地與我非常親密的人，才見過在家穿睡衣的我。然而，正如〈任我行〉所講，如果我真的穿著睡衣來分享會，就會變成歌詞裡那條落在鹹水海中的「神仙魚」了，生命也許就丟掉了。因為世界有種種不成文、約定俗成的規矩，讓我們感受到一條界線；這條界線或許沒人實質畫出來，例如沒有人講過不能穿睡衣演講，但我就是不敢這樣做。

穿睡衣的舒適，就像創作者在寫自己最喜歡的歌詞那種揮灑的狀態，以最自然、最無拘無束、最不用修飾的模樣寫，才會有真正的生命力。

而我就如穿睡衣般自然地進入填詞這個行業，帶著一個抱負或一種想法（好聽點說是一份使命感）來踏足這個行業，就像「神仙魚」游向大海，但我還未死，生存到現在。

填詞這行業是非常殘酷，殘酷在甚至不能稱為行業，因為它從來不會招聘，行內人也是自生自滅，當然政府也沒成立什麼局來扶助。當年我沒有選擇泡溫泉般留在安全地帶，反而是拿著雨傘冒著風大雨大走出去。大學時選修中文、英文和翻譯，畢業後最理想最安全的幾個出路，如大部分校友選擇的職業是中文老師、英文老師、翻譯，或薪水比較高一點的入政府做中文主任，做久一點甚至可以做立法會及行政會的即時傳譯。確實是有幾條路「任你行」，而當時的我有一個「很大」的志願，由中學開始已經想成為一個「填詞人」，接近大學畢業時很多人問我畢業後想做什麼職業，我都會回答「填詞人」，聽起來看似很高尚，卻不像一份職業。

要成為填詞人，第一個方向是進入唱片公司，第二是電台，有機會與音樂界有聯繫。

我還未說三十年前入行時穿的那件「睡衣」究竟是什麼？我當時的抱負，現在想起來不能不恥笑自己，就是希望可以憑我的歌詞令歌詞進入到文學的殿堂。這個想法是很幼稚的，因為作為一個文青（無論是真是假），很喜歡現代詩，想使用很多新詩的手法嘗試為歌詞添磚加瓦。現在回想，當時幼稚想法在於——文學的殿堂並不是由別人去建立的，而是由自己去建立；當年的我其實沒需要執著於「歌詞並不是文學」，而應該努力在這個土壤上深耕細作，令歌詞進入文學的殿堂。這種抱持功利心、有動機去做一件事，結果是會失去生命力。凡是我很想寫成所謂「文學」的詞作，通常都只會得到一般純文學的命運，這個命運就讓我含蓄一些不提了。

這個初嘗試在詞海中胡亂游水的時期，第一首讓我有機會很貼近文學且很需要想像空間才能完成的詞作是〈吸煙的女人〉，大概是三十年前的作品。在座的各位看起上來很年輕，應該沒有聽過這首歌；如果聽過的話，就是喜歡懷舊的人吧。〈吸煙的女人〉是我第一首上流行榜的歌，這個行業其實並不是真的「任你行」，就像你在海中游泳時找到一個水泡，凡是有歌上到流行榜甚至上到第一位的話，就是那個水泡，支撐你在這個海中繼續游得更長久。我是一個很善於批評與鞭韃自己過去的人，所以今時今日回看〈吸煙的女人〉或者同一種風格的所謂現代詩的詞作，我會覺得出發點是良好的，但水準卻比較低，還有大量改善的空間。當年亦確實招來很多激烈的爭議，負評比正評多一定的數量。

我是一個很容易不甘心的人，「不甘心」的性格是一個缺點，同時也是一個優點，因為只有不甘心，才可以不斷成長。當年的批評令我覺得不甘心和可惜，但亦觸發了我成長的一步。那時，我才終於明白歌詞與現代詩是不同的。我發現原來歌詞是要用來聽的，不是只用來讀的。文藝一點來說，歌詞就是文字與音樂的一場完美結合、一場如魚得水的婚姻關係。歌詞要配合旋律，旋律帶來很多限制，特別是廣東話歌詞，就是一定要「啱音」，「啱音」與「唔啱音」之間並不存在「啱啱哋音」

的空間。這個框架非常嚴謹，稍為偏差半度，就會由「我」變成「鵝」。在這個嚴謹的框架之下，不是說要投降，而是要「握手言和」。自從〈吸煙的女人〉受到部分人的負評，以及一小撮人的嘉許後，我覺得若要繼續「任我行」，我必然需要學習更多的技術與本事。

對我在詞海的仕途頗有幫助的歌包括〈別人的歌〉和〈傳說〉。這兩首歌是我非常少有地、有動機與有計算地策劃出來的一場「陽謀」。因為年代久遠，無敵的青春會把這些事遺忘的；〈別人的歌〉是寫夜店歌手，現在已經沒有夜店歌手了，或者以另一種形式生存於另一個地方。「夜店歌手」這個題材非常目標為本，是希望針對唱片業內人士，例如可以操控我命運的監製或歌手，對他們來說這個題材應該最有共鳴。在夜店唱歌，卻沒有人知道或明白你在唱什麼。〈傳說〉則混搭使用了很多文言文和現代很流暢、一聽就知道我在說什麼的白話文。

當年寫這兩首歌詞的時候，在一張紙上寫了四個大字以警醒自己。那四個大字很厲害，說出來真有點不好意思，若不是在這種場合，我是不會提的。那四個字就是「身價之作」，就是代表「我是很值錢的」。值錢在於什麼？如果你批評現代詩式的歌詞讓人難以明白，我就是要證明我懂得寫你聽得明白的東西吧。我還要以文言文加上白話文，要知道兩種都懂得寫的人並不多。另一方面，若要面對市場，要一些比較容易上口、引起大眾共鳴，甚至通俗來說很虐心的歌詞，〈別人的歌〉就是樣板。果然填了這兩首歌詞後，就有機會在唱片中發表第一首作品，1985年至今差不多三十年。在寫歌詞的頭三十年，這兩首歌對我有頗大幫助，但是否真的可以「任我行」呢？其實是很難的。

第一個十年，主要是學懂如果想增加歌詞的傳唱度，以及自己在這個市場上的生存能力，必然要學會一些在這行業「和諧共融」的本事。例如要懂得寫歌詞界很重要的 Hook Line，就像颱風有風眼，歌詞也有「詞眼」。Hook Line 在歌詞界有一個特殊的現象，就是所有副歌的第一句。而副歌在歌詞界也有另一個特殊現象，所有歌不知為何到了副歌，情緒就會莫名其妙的非常激動。如果還是不明白什麼是到了副歌情緒很激動，可以看看歌手唱歌時，他現青筋的程度，就大概感受得到。第一個十年我就在學習如何在歌詞中要有「現青筋」的時刻，你把那條「筋」提供給歌手。這是一個語文的訓練，如何讓一句話很易記，等於造出「金句」。今時今日若有人說我是「金句王」，謙厚時我會稍為推讓；誠實面對自己時，我則絕對接受自己是一個「金句王」，我可以把金句分成幾個級別。

正如我之前所講，要在這個詞海生存，就要學懂寫 Hook Line 的技術，技術再高層次就成為技巧。第一種金句，聽起來容易記，例如要押韻、不要多餘的字，坊間很容易見到，沒有道理的東西，但以押韻的方式來表達，聽的人就會覺得有點道理。這種金句是成立的，然而如《一代宗師》所講，除了面子，也要裡子；面子，就像歌詞中的 Hook Line。我收到歌時大致上已知道這首歌的角色，有些歌的角色是要非常流行（Hit）；有一些歌的角色並不是要 Hit，我就會趁機利用來玩我想玩的東西。當然也可以修煉到你想首歌既 Hit，亦有能力用來玩我想玩的東西，這又是另一個層次了。在歌詞這個組別裡，最容易上口的就是「愛」字，以我自己的詞為例，這首歌的 Hook Line 就是很容易記的「愛愛愛愛愛愛愛」，但歌的歌名是〈酷愛〉，把歌詞的愛加入了「殘酷」，就像把更多的東西加入歌詞裡。這就是最初步構成金句的方法，也是我在這個行業學習到的：寫一些簡單、易消化的詞，又有一點技術為這首歌拿到了面子（Hook Line）。

裡子又是什麼呢？我覺得金句的裡子當然就是內涵。我認為世間上最金的金句，是並不存在的；我心目中最金的金句是你寫了一句歌詞，令一個本來打算自殺的人，聽到後忽然立即申請做社工。這樣是一個很難造到的境界，頭十年我卻是很努力學習這些技術。

第二個十年，我想用寫給陳奕迅的兩句歌詞來作總結：「走過一個天堂，就少一個方向。」有些事做到了，無論在市場上或自己的滿足感上都得到成功時，就像到達一個天堂。如果我是一個只享受浸在溫泉裡的人，我就會繼續逗留在這個安全地帶（Comfort Zone），繼續用這種方式霸著這個地方，以我頭十年所累積的技巧，看來真的可以逗留在這天堂尸位素餐一段日子。不過，我卻是有份不甘心，因為縱然已經在這天堂，仍會期望找到另一個天堂，否則會迷失了方向。幸好我的迷失很短暫，甚至可以說沒怎樣迷失過，只是在講座要談，就說得比較轟烈罷了。

作為一個創作人，我並沒有抱著很大的機心，機心其實並不一定是負面，就如寫了一個頭五年的發展藍圖，接下來應該要寫什麼樣的歌詞，但我就是沒有刻意這樣做。創作人在穿著睡衣時就是最不講究的時候，穿睡衣就不會在意怎樣配搭，因為並不是穿來給別人看，主要是要看自己是否穿得舒服；所以我沒有特意為自己找填詞的新方向，期望藉此可以在這個行業生存。

第二個十年的轉變是很自然發生的，隨著一個負責任的創作人成長、對世界的看法有所改變，或者所關注的題目更廣闊時，就會自自然然聽從內心的呼喚而發生，並不需要規劃。例如我一直認為，情歌若只用來反映「感情的現象」（不外乎明戀

／暗戀、表白、日久生厭、分手等等）會有點可惜，我希望無論是什麼題材，愛情的現象、生活的現象，都可以看到生存，甚或比生存高尚一點的生活（包括生氣）、再高一級的生命。我希望在寫愛情的同時，可以讓人從這首情歌裡，觀照到生命是什麼一回事。

一提到「生命」這兩個字，就知道很惡搞了。這個階段儘量希望在什麼題材都可以寫到一種哲理；無論別人是否評價我寫情歌寫得太多，或寫社會性的題材，甚至其他的題材，我希望往後的作品全都可以歸納為「哲理歌」。個人認為把歌詞分為「情歌」與「非情歌」，是過於簡單的分法，如果世界也是這麼簡單就好了。

第二個十年，期望把在真實人生所經歷，以及書本閱讀到的佛學放進歌詞。草創階段的實驗性作品比較簡單，例如說佛學可以解決痛苦，就像止痛藥，以劉德華的〈常言道〉為例，我不是說止痛藥不好，每件事物在世上總有其功能。〈常言道〉差不多每句都是「金句」，成排的止痛藥放在眼前，就成為「補藥黨」，令人感到害怕。加上直接講道理，通常都很趕客；每人都認為自己知道很多道理，所以會不想聽別人直接講道理。

我了解到單單提供止痛藥是沒用的，每個人都有屬於自己的止痛配方，也知道要如何解決痛苦。大部分人都聽過止痛之道是面對、接受、放下、自在；然而如果在座有任何一位人士說自己很痛苦，你對他說：「不如你放下、自在吧。」我本人的反應會是：「啤，我也知道啊！還需要你說？」第三個十年，發現自己需要掌握、學懂很多真正可感染到別人的方法說這五個字：「阿媽係女人」。掌握有無另一個更聰明的方法去表達「阿媽係女人」，這是我認為最理想的水平，確實是非常不簡單。

正如「放下、自在」還有哪種說法呢？「阿媽係女人」可以是「你阿爸個老婆係女人」，或者是「你家人是女人」，然而你家人是女人，亦可能是男人。到今時今日我仍繼續希望自己學得更聰明、更有智慧去表達「阿媽係女人」，這個與在詞海的生存能力也有關係。在第三個十年的末期，我認為自己的水平也算是比較接近這目標；例如〈任我行〉。「阿媽係女人」的另一種說法，是要知道認識世界一個比較立體的面目。何謂立體？何謂扁平？「任我行」這個題材比較扁平的寫法是：「做人要做自己，不要跟大隊走，不要成為羊群中的一隻，否則就會沒有性格。」人生哪會這麼簡單？當游過人生的大海後，你會發覺就算真的「任你行」，看似沒有界線，你也會因循了某些東西，這種因循不一定是外界給予你的絕對指令，而是即使你非常誠懇地聽從內心的呼喚，正如一開始時，我說自己也不敢穿睡衣在這裡講座。如在寫詞寫到今時今日，我也不敢押少一點韻，雖然其實並沒有人說歌詞一定要押韻，但這世界很多人的標準是：「有押韻嗎？沒有押韻，證明一代不如一代。」為了給自己的年代爭光，所以堅持要押韻。

寫〈任我行〉時如果把結局寫出來就會偏向扁平，身為這首歌作者的我，如果在歌詞寫的意見是：一個人千萬不要跟大隊走，別人做的你不要做。這種寫法就太扁平了，這個世界才不是這麼簡單呢。相反來說，我也不是希望趨向另一種極端的扁平，認為每個人都要特立獨行、與眾不同；在這世界上刻意地與眾不同這種寫法，也是把事情簡單化了。現在很多的「與眾不同」也會演變成「十分鐘的名人」。刻意地與眾不同，其實是以另一種途徑依循這個世界的遊戲規則，經過計算知道「與眾不同」可以讓我在這個世界生存下去。

寫〈任我行〉這首歌我從來沒有以上打算，我已用盡很多字詞、語氣，希望讓人感受到：「任你行」和「與世界相反的路徑」之間，沒有絕對「對」或「錯」，你走哪一條路都會有不同的收穫與代價。

眨眨眼第三個十年又過去了。三十年來，作為一個填詞人，玩著這個遊戲，游著這個大海，期間的付出我就不說了，免得把這裡變成訴苦大會，不如說說我在過程中所得到的收穫。這些收穫與公眾利益很有關係，創作本身所帶來的代價背後還有另一面，你的損失同時是你的得著。

第一種得著，是「歌詞必須為旋律服務」（當然也要為監製與歌手服務）。寫歌詞與我平常寫文章不同，歌詞只是其中一口螺絲。一個旋律的長短、情緒，已經給我帶來一個框架。例如一首很輕快的歌，我可以勉強寫一個很傷感的題材，但唱出來的效果不會好；還要遷就字音，可以說廣東話歌詞的框架是最厲害，除了旋律、情緒、監製、歌手之外，廣東歌詞獨特的特色，是要絕對「啱音」。例如我很想填一首歌關於梵谷，如果整首歌的旋律都不能啱音地填「梵谷」這兩個字，或其他很重要如向日葵、自殺、精神問題等可以提示到梵谷生平的其他用字都唔啱音，最低層次的做法就是把歌名改成〈梵谷〉，程度就等於把一首有關「夢想」的歌，歌名改成〈我愛夢想〉。我想說的是，以上存在的框架是否合理呢？世界上有些框架是不合理的，但啱音算是合理的，因為旋律比歌詞先有，廣東歌佔 99.9% 都是先有旋律後有歌詞，所以這個框架是渾然天成的。我要寫的，就是渾然天成地配合旋律，在這個遊戲當中訓練自己思考的能力、聯想的能力。假設我真的很想爭取寫梵谷的歌詞，無論如何也要以這首旋律來寫，但運氣很差，以下的字眼怎樣也填不進旋律：

梵谷、手槍、自殺、精神病，雖然應該不會連「窮」字也填不到吧，但我想說的是，這個訓練可讓我倒轉來思考：我想寫梵谷是為了什麼？突然好想以一首歌詞表達梵谷的生平？還是想帶出什麼精神？這樣會訓練自己學會問很多問題，知道自己真正想做的是什麼。可能我真的只是出於一時的喜愛而決定寫一首關於梵谷的歌詞；但如果不是因為經過這些困難、阻礙，我不會懂得問「最想寫的是梵谷哪種精神」。第二個訓練思考和聯想能力的練習，是問：「除了『向日葵』，是否沒有另一種方法表達梵谷油畫中最典型的意象呢？」這種練習做了三十年，學懂了就算別人給予我一個框架，填詞就像一隻腳被人上了鎖鏈，但我仍能跳一場很好看的舞蹈。長期的訓練，我想有一千種一萬種方法表達到自己最想表達的核心精神。如果天跌下來一條鎖鏈，我應要學懂把這條鎖鏈／框架，變成自己心目中的理想藍圖。

我很崇拜的物體：水，《道德經》的「上善若水」，水眾多特點之一是它非常柔軟又堅強，並能進入任何形狀的容器之中。所以作為一個廣東歌填詞人，生活上會知道自己可以飾演到一滴水：我想寫的題材、內容、概念、精神，就像水一樣，可以放進不同的旋律之中，結果都是如魚得水。這個體會對我來說是一個很大的收穫。

第二種得著。我認為自己是一個很懂得品味孤獨和獨處的人。寫歌詞是沒有可能找人幫忙的。三十年間，一個人不斷寫，在不斷發掘問題、找尋答案的過程中，如要做自己，你先學會一個人獨處，否則周圍也是人，就會「溝淡」了自己，很容易活在別人的期望中，也會很在意別人怎樣評論你。不少人曾對我說：「你脾氣也變好的。」被他們說了很多年，就誤會了自己脾氣很好，以為自己是個溫文、有耐性、脾氣好的人，結果有時想發脾氣就覺得不好意思了。只有大量獨處的時間，我就知道自己內心講過多少粗話，詛咒過那些值得詛咒的人。我從事這個孤獨的行業三十多年，認為自己算是享受到真正一個人的好處；當你不是一個人的時候，你不會知道自己真正需要什麼。

問題❶

想請教你有關意境構造，可否分享如何寫一首有意境的歌詞？

答：意境是一樣非常抽象的東西，我認為意境分三個境界。第一個境界是「山寨」的。創作上有一種非常方便的山寨版意境，就是所謂善用美麗的文字。小時候老師會與我們分析一篇文章所用的文字很美麗，我卻從來不認同「文字很美麗」這種評語。我也掌握了這種意境的構造公式，就是用大自然現象中幾個熱門的項目，以下排名不分先後：星星、月亮、太陽、浪、風、樹葉、花、花瓣、根、土壤等等。若果你在創作中突然加插「手機」或「應用程式」這幾個字，這篇文章的用字就被評為不夠美麗、不夠意境了。只靠這種約定俗成、根深蒂固、非常傳統，而虛有其表、毫無生命力的美麗文字堆砌出來的，就已經是第一級的意境了。

第二種境界的意境是不單純靠花太陽星星月亮呼吸空氣，或「流轉」、「光陰」、「似水」、「流年」等等所謂「美麗」的字眼，卻能夠在歌詞中以「水龍頭」等物料或道具來創造另一種意境。我寫過給林憶蓮的一首歌，是用聽得到水龍頭滴水的聲音來寫寂寞的心態；成功在於有效地使用這些物件來表達，聽者不用理會那水龍頭的實際物料產地，也不會讓人覺得牽強甚至以為是惡搞而發笑。

至於第三級的意境，我認為真正的意境是要有生命有感情，並不是只寫寫有一條長街、有幾棵樹就代表很有意境。〈再見二丁目〉應該算是進入到第三級的意境吧。詞中「滿街腳步」、「滿天柏樹」……意境與使用「柏樹」與否無關，會用「柏樹」只是因為「啱音」，如果要用榕樹也無不可，雖然榕樹比較大，畫面確又不及使用柏樹。用字的精準在於「滿天」的柏樹，而不是「滿街」的柏樹，「滿天柏樹」交代了樹有多高，對比出人站在街中樹下是多麼渺小。另外，「滿街腳步突然靜了」、「滿天柏樹突然沒有動搖」充分反映了失魂落魄的人的心境所投射出來的景象，明明滿街很嘈吵卻會突然靜了；因此我認為這是一種比較成熟而有生命的意境。

要如何寫到第三級意境呢？你要非常敏感；其中一種培養敏感度的必殺技是善

於在自己過往的傷口上灑鹽，了解要灑多少鹽、灑在何處、把已結疤的再揭開會有多痛、痛得入骨與痛得入心有何分別，可以讓你成為一個敏感的人。

問題❷ 要如何訓練自己寫出易記的金句，為歌手提供「青筋」？

答：如何凸顯歌手「青筋」的訓練，並不是一朝一夕就做到的。我先說說自己做過什麼吧。也沒什麼特別的，就是閱讀大量書籍，不能偏食，別以為寫情歌就只看愛情小說，因為愛情小說專寫愛情，就看不到如何以寫社會學的手法寫愛情。究竟什麼是易記的金句？有什麼比「我愛你」三個字更易記呢？只不過這三個字太常出現，又變得難以讓人記住，因此要用自己的特色加上普羅大眾都有共識之間找到平衡點。

另外，要創作出易記的「青筋」，個人的經歷也有幫助。我在商業電台工作的十幾年間，平均每週要創作一兩句口號，電台的air time很寶貴，如何用有限的字來表達完整的資訊，是創作廣告及市場策劃的訓練，相對於浪漫的文學，市場策劃好像比較機械化，兩者之間像有矛盾，我卻認為並不是這樣，反而兩者的「矛盾」才讓我掌握如何精準地使用文字，在大眾的理解力與自己的個性特色之間，找到最黃金的平衡。

世界上有什麼口號最有「洗腦」的功能呢？就是選舉口號，我不時會翻閱編集政治人物演講的書，從中學習最精煉、最有說服力、最具感染力的寫作。

問題3

千禧年代是你非常高產量的一個年代，每年差不多寫了二百首歌詞，平均兩至三日就要完成一首歌詞，可以說是不可能的任務。能夠寫作這產量的歌詞，又要閱讀大量書籍，尋找靈感，很想知道那個高產年代的你的日常生活，要怎樣才可以兼顧？

答：當你全神貫注、非常投入、非常熱愛一件事情，就可以完成很多不可能的任務。一個母親要救車底的孩子也會有能力抬起整部車，事後你問問那位母親如何可以做到，就像你現在問我當時如何過那段日子，真的很難解答。先不說寫二百多首歌詞，尤其是千禧年代的旋律都是很難填且每首歌的詞都差不多是一個專欄的字數；單是要在一日半內構思一個切合歌名並其中一句有水準的歌詞，已經很吃力了（在有全職工作的日子，以一日半來抄寫一整首歌詞也並不容易）。那段時間可以說是非人的生活，一生人就像做了三世人的事情，過程中並不存在任何反省、拒絕、改變這規律的空間，原因是我太愛做這件事情，也因此忘記了那段時間究竟是怎樣過的。

那段期間需要不斷吸收，因此訓練出三頭六臂的本領，練習出吸星大法及周伯通的左右搏擊。所謂左右搏擊，因為需要吸收就要不斷閱讀書籍及看電影、電視劇，沒有人說過寫歌詞時不能同時看電影、電視劇吧。曾經的高峰時期，我可以聽過一遍demo，一邊看著日劇的字幕追著劇情一邊寫，更可以因為劇情而哭起來的。王菲的〈紅豆〉就是如此寫出來的。當時正在看木村拓哉的日劇，女主角因為怕被提出要分手，把正在煮的紅豆煮焦了，我腦海裡想著旋律，同時跟著劇情走，看到女主角表情悲愴痛苦落淚，我也跟著哭，投入劇情之餘卻想到可以把「紅豆」放進歌詞中。這就是左右搏擊，一邊吸收一邊產出，高產量的那段期間我就是這樣走過。高產量時期，除了工作，同時也要保持自己「有生活」，工作與生活不一定要有矛盾。其實不論任何時期，我看的電影、電視劇和閱讀書籍的數量，都會保持偏高的水準。現在年紀大了，比較難做到當時的程度，而且寫了這麼多年，是越來越難寫，很難再想到如何……我不想用「突破」或「超越」的字眼……我只是希望自己無忘初衷，就是要做有意義的事情，如果只是重複過去寫過的，以同一個方法、同一個角度、同一個層次，我何必要再寫下去呢？如果讓我寫下去，就更需要謹慎、用心地寫。

enlighten 亮
&fish 光

書　　名：任你行｜新版
作　　者：林夕

出 版 社：亮光文化有限公司
Enlighten & Fish Ltd
社　　長：林慶儀
編　　輯：亮光文化編輯部
設　　計：亮光文化設計部
地　　址：新界火炭坳背灣街 61-63 號
盈力工業中心 5 樓 10 室
電　　話：（852）3621 0077
傳　　真：（852）3621 0277
電　　郵：info@enlightenfish.com.hk
網　　店：www.signer.com.hk
面　　書：www.facebook.com/enlightenfish

二零二零年七月初版
二零二四年七月新版

ＩＳＢＮ　978-988-8884-16-2
定　　價：港幣 138 元
新台幣 450 元

法律顧問：鄭德燕律師